鈴木貞美
Sadami Suzuki

江戸川乱歩・三島由紀夫・中村真一郎

古今東西の演劇 / 映画と小説をまたぐ エロスの物語

鈴木貞美の文芸論 ③
ナラトロジーへ II

文化科学高等研究院出版局

知の新書
J10/L05

DU MÊME AUTEUR　鈴木貞美のワーク

著書

『転位する魂　梶井基次郎』（鈴木沙那美名義）社会思想社・現代教養文庫 1977
『蟻』（鈴木沙那美名義の小説）冬樹社 1979
『谺』河出書房新社 1985（小説）
『言いだしかねて』作品社 1986―小説「言いだしかねて、身も心も」
『身も心も』河出文庫　1997
『人間の零度、もしくは表現の脱近代』河出書房新社 1987
『「昭和文学」のために フィクションの領略―鈴木貞美評論集』思潮社 1989
『モダン都市の表現―自己・幻想・女性』白地社 1992
『現代日本文学の思想―解体と再編のストラテジー』（トランスモダン叢書）五月書房 1992
『日本の「文学」を考える』角川選書 1994
『「生命」で読む日本近代―大正生命主義の誕生と展開』NHKブックス：日本放送出版協会 1996
『梶井基次郎 表現する魂』新潮社 1996
『日本の「文学」概念』作品社 1998
『梶井基次郎の世界』作品社 2001
『日本の文化ナショナリズム』平凡社新書 2005
『生命観の探究‐重層する危機のなかで』作品社 2007
『日本人の生命観ー神・恋・倫理』中公新書 2008
『自由の壁』集英社新書 2009
『「日本文学」の成立』作品社 2009
『戦後思想は日本を読みそこねてきた 近現代思想史再考』平凡社新書 2009
『「文藝春秋」とアジア太平洋戦争』東アジア叢書：武田ランダムハウスジャパン 2010
『「文藝春秋」の戦争：戦前期リベラリズムの帰趨』筑摩選書 2016 右の改訂増補版
『日本語の「常識」を問う』平凡社新書 2011
『入門 日本近現代文芸史』平凡社新書 2013
『戦後文学の旗手・中村真一郎―「死の影の下に」五部作をめぐって』水声社 2014
『日本文学の論じ方―体系的研究法』世界思想社 2014
『近代の超克―その戦前・戦中・戦後』作品社 2015
『宮沢賢治―氾濫する生命』左右社 2015
『鴨長明 自由のこころ』ちくま新書 2016
『「日記」と「随筆」』（日記で読む日本史）倉本一宏監修　臨川書店 2016
『日記で読む日本文化史』平凡社新書 2016
『『死者の書』の謎―折口信夫とその時代』作品社 2017
『日本人の自然観』作品社 2019
『歴史と生命 西田幾多郎の苦闘』作品社 2020
『満洲国 交錯するナショナリズム』平凡社新書 2021
『最後の文人 石川淳の世界』田中優子・小林ふみ子・帆苅基生・山口俊生との共著 集英社新書 2021
『日露戦争の時代―日本文化の転換点』平凡社新書 2023
『ナラトロジーへ　物語論の転換、柳田國男考』知の新書 J07 2023
『エクリチュールへ I　明治期「言文一致」神話解体 三遊亭円朝考』知の新書 J09 2023

編著

『モダン都市文学2 モダンガールの誘惑』平凡社 1989
『モダン都市文学4 都会の幻想』平凡社 1990
『史話日本の歴史』清原康正共編 作品社 1991
『大正生命主義と現代』河出書房新社 1995
『雑誌「太陽」と国民文化の形成』思文閣出版 2001
『満洲浪曼』全7巻別巻1 呂元明、劉建輝共編 ゆまに書房 2002
『梶井基次郎『檸檬』作品論集』クレス出版 2002
『技術と身体：日本「近代化」の思想』木岡伸夫共編著 ミネルヴァ書房 2006
『わび、さび、幽玄―「日本的なるもの」への道程』岩井茂樹と共編 水声社 2006
『石川淳と戦後日本』ウィリアム・J・タイラー ミネルヴァ書房 2010
『明治期「新式貸本屋」目録の研究』浅岡邦雄共編 作品社 2010
『『Japan to-day』研究―戦時期『文藝春秋』の海外発信』作品社 2011
『上海一〇〇年 日中文化交流の場所（トポス）』李征共編 勉誠出版 2013
『エネルギーを考える―学の融合と拡散』金子務共編 作品社 2013

目次

Toward Naratorogie II ; Transgene Studies on Theatre, Cinema, and Novel

初出誌
「古今東西の演劇、及び映画―『再現』と『表現』、もしくは『現前性』」　新稿
「江戸川乱歩、眼の戦慄―小説表現のヴィジュアリティー」『日本研究』42 号、2010 年
「中村真一郎と三島由紀夫―エロスと能をめぐって」『中村真一郎手帖』16 号、2021 年

序章
トランス・ジャンル研究における「表現」概念
The Concept of Presentation in my Trans genre Studies

　二〇世紀後半、国際的に言語学の転換をリードしたロマン・ヤコブソンによって、比較的早くから、言語活動の一般理論としての「詩学」（言語芸術論）の展開として、民話のプロット論を出発点に詩劇やその絵画化、小説の映画化、マンガ化など芸術諸ジャンルを超えたナラトロジーを開拓する展望が提案されていた（「言語学と詩学」(Linguistics and Poetics, 1960)。

　その提案をどれほど意識したものか、わたしにはわからないが、フランスのジェラール・ジュネットが言語芸術の「語り」(narration) の概念を再定義し、テクスト及びテクスト間の関係にあらゆる視覚からアプローチする批評の方法を開拓し、かつ、それを映画や建築などの他のジャンルに橋渡しする表現形態学一般を展開した（*Figures* I-III（1967-70）。

それらはそれぞれに日本でも関心を集めており、わたしは日本の近現代文芸文化に国際的・学際的にアプローチする共同研究を組織するために、それらの周辺の動きを含めて少しは勉強もしたが、欧米中心主義と構造主義＝記号論の枠組を解体＝再編して日本の文芸文化史に応用できるようにするまでには至らなかった。

わたしは、若い頃から、日本の第二次世界大戦後の文芸批評の最大の問題として、中村光夫が『日本の近代小説』（岩波新書、一九五四）などから『言葉の芸術』（一九六五）に至るまで「自然主義＝私小説」中心史観を批判する立場から論じてきた小説史観、言い換えると「ロマン主義－対－自然主義」の図式を日本の二〇世紀小説の展開にも持ち込もうとする文学史観に再編を促す模索をつづけてきた。

二〇世紀への転換期、日本の文芸家たちは、西欧で象徴主義が興隆していることを知っており、文芸上の「自然主義」を名乗った者たちも、その内実はまったくバラバラで単なる符丁に過ぎず、それはむしろ、生命原理主義、すなわち普遍的生命が遍満する世界観に向かったのだった。その探究は二〇世紀前半、国際的に渦巻いた生命主義（vitalism）――ベルギー・フランス語圏の詩人・劇作家、モーリス・メーテルランク、フランスのアンリ・ベルクソン『創造的進化』(*L'Évolution créatrice*, 1907)、ドイツの「生の哲学」(ebensphilosophie)などの流れ――が日本にも浸透していたということを論証したにとどまらない。西田幾多郎、和辻哲郎ら哲学者をはじめ、二〇世紀前半の日本の思想文化をリードした詩人、歌人、作家、思想家の実に多くが、神・儒・仏・道のいわゆる伝統思想を受け皿にして、それぞれの生命主義を展開し、一九二〇年代モダニズムをも含む文芸文化に実に多種多彩な開花をもたらしたのだった。のみならず、そのうちから筧克彦という「神ながらの道」を説いた法学者を先頭に、「民族の生命」「国家の生命」なる観念に収斂する傾向も生じたことを明らかにした。これはジャンルを超えた生命観の探究であり、この大きな思潮を抜きに、昭和戦前期の思想・芸術の動向を語ることなどできはしない(『生命観の探究―重層する危機のなかで』作品社、二〇〇七など)。

他方、文芸表現論においては、江藤淳『作家は行動する―文体について』(一九五七)のリアリズム論など表現を認識に還元する批評、及び三浦つとむらの言語表現過程論に対しては、一度、内言し、それを外化する二回にわたる過程を想定するものと批判を加え、吉本隆明『言語にとって美とは何か』(一九六五)の自己表出中心主義に対しては、指示表出中心の文芸として、宇野浩二、牧野信一、石川淳らの饒舌体の系譜に取り組むなど、文芸作品の具体的な表現形態に踏み込む批評を重ねた。したがってナラティヴをめぐっても、言語活動の意識の問題として捉え、日本における表現と享受の活動論に挑み、それなりに理論の端初を拓いてきたつもりである。それは、表現と享受の活動の「場所」を想定することで、いわゆる作家還元主義、および実体として読者を想定する読者論をも超える批評の橋頭保を築く作業だった（「文芸表現論の方へ」『日本研究』一九九〇など）。

表現の場所とは、表現主体が、生活の場から転位して、己れが制作しつつある作品と向きあう場所である。それは、享受主体に受け取られること、制作物は物質的規定性を帯びることによってこそメディア（媒体）たりうることを前提とする。メディアが言語による場合も、声か文字かによって、そのジャンルは別れる。声による場合でも、発声者は誰か、器楽とともにあるか、身体的パフォーマンスとともにあるかで別れようし、文字による場合も、筆記用具や印刷の方式、図像とともにあるかなどによっても別れる。そして表現主体は、どのようなものとして享受されることを期待するか、通念となっているジャンルの規範に従うか、変革を狙うか、などなど、態度を撰びつづける。ストーリーのある文芸の場合なら、作者として語るか、伝聞した話の語り手として語るか、登場人物の一人として語るか、など発話の位相も、その場面場面で決めることになる。

享受主体も、生活の場から享受の場に転位することにより、聴き手として、声を媒介に、語り手と向き合い、あるいは、読み手として作品の背後に、その制作者を実体として想像する。

ここでは、一つの完結した制作物を措定して「作品」という語を用いているが、作品を聴く場合、観る場合、読む場合のどれも、享受は本来、一回性につきまとわれている。同じメディアで繰り返し聴いたり、観たり、読んだりしても、享受者の精神状態が変われば、まるでちがう作品のように感じたり、精神年齢や経験によって解釈が変化して当然だからである。しかし、逆に、歌い手や演奏者が替わっても、同じ「作品」のヴァリエイションとして聴き、評価することもある。このようにメディアやジャンルを超えて表現と享受の活動論の地平を拓くことによって、わたしはさまざまなトランス・ジャンル研究を試みてきた。

先の饒舌体に話を戻すが。石川淳の「佳人」(一九三五)という短篇小説では、その饒舌体に乗せて、語りの位相の転換により、いま書きつつあるこの小説「佳人」が、あたかも自律的に展開してゆくかのような擬態が繰り広げられている。だが、その戦後的展開が追い切れずに、わたしの石川淳作品史は頓挫したままだった。ところが、最近の共著『最後の文人、石川淳の世界』(集英社新書、二〇二一)に寄せた「たとえば『文学』、たとえば『佳人』」で、短篇「かよひ小町」(一九四七)の判じ物めいた謎がすらすらと解けたのだった。待って海路の日和が訪れた例なのだが、実は、「かよひ小町」が掛詞になっているしくみが解けたにすぎない。

そのタイトルのうち「たとえば『文学』」についてもふれておかなくてはならない。わたしは、石川淳や折口信夫のエッセイに触発され、前近代日本では「文学」といえば、漢詩文を意味していたことに気づき、日本における近代的「文学」概念の形成・展開を対象化する仕事(『日本の「文学」概念』一九九七)、『「日本文学」の成立』(二〇〇九)を重ね、それを結節点として、前近代における言語文化諸ジャンルの内実に分け入る仕事に着手してきた。いわば近代的「文学」概念形成以前のジャンル概念とそれらの関係を探る作業である。

これも難題で試行錯誤をつづけているが、このように古典文芸の評価史、伝統観念の形成と展開にアプローチする姿勢は、当然、日本における古代からのジャンルを超えた表現と享受の関係、その歴史的な展開の総体に向かう視角を準備する。それは、言語と画像、工芸、身体パフォーマンスを伴う歌舞演芸との関係に及ぶ。このようにして東洋的、ないし日本的ナラトロジーの前近代的展開の解明に道が開けてゆくなら、古代から今日に至る東洋における総合文化史、日本文芸文化史を編み直す仕事の門口に立つことができる、と考えている。そしてそれは、西欧近代流の人文学史を相対化する方途たりうるだろう。

だが、それを開拓するには、高い懸崖も目の前に聳えている。それも充分、承知している。本書では、第一章「古今東西の演劇、及び映画―『再現』と『表現』、もしくは『現前』」と題して、古今東西の演劇の相違が、どのように論じられてきたか、西洋演劇を「再現」型、歌舞伎を「表現」型とする議論を俎上にあげ、東西の古典および近現代演劇の摺りあわせを試み、その理論枠を検討する。次いでに映画の映像についても同じ水準に置いてナラトロジーとして扱う方法を探ってみたい。

ギリシャ古典劇の『オイディプス王』も、イブセンの『ヘッダ・カーブレル』(一八九一初演)も、歌舞伎と並べて論じることになる。それは、格別むつかしい作業ではない。読者にとって、驚くほどあっけない考察に思えるかもしれない。だが、それぞれに固着した概念を転換することで、文化の相違を超えることは可能になる。先に述べた「表現」論に立てば、メディアの物質性において異なるジャンルが同一水準に並べられるということにすぎないからだ。西洋演劇を「再現」、歌舞伎を「表現」とする論者も、それらを物質的現前性のあり方の相違として把握しさえすれば、対立は簡単に超えられる。しかし、それは彼の「再現」および「表現」概念の転換を迫ることになる。だが、それは二〇世紀前期の「表現主義」芸術によって、すでに準備されていたことだった。

そこで第二章「江戸川乱歩、眼の戦慄―小説表現のヴィジュアリティー」では、日本のモダニズム期の小説における演劇と映画的手法の応用の側面を論じる。大正・昭和戦前期に活躍した江戸川乱歩の探偵小説における視覚表現をめぐって、映画と積極的に取り組み、小説にも映画・演劇的表現を駆使した谷崎潤一郎の語り方を比較する。こちらでは表現の物質的現前性における差異に注目している。

そして第三章「中村真一郎と三島由紀夫―エロスと能をめぐって」では、第二次世界大戦後の日本で活躍した作家、中村真一郎と三島由紀夫の小説の語り方と映画とのかかわり方を比較した上で、両者における能とのかかわり方の相違に注目する。先に石川淳「かよひ小町」にふれたが、中村真一郎、三島由紀夫も能の「卒塔婆小町」を扱って、まったく趣向の異なる小説と演劇を作り出していた。その日本の現代文芸のナラティヴの一面は、両者の「いかなる者として死ぬか」というテーマを抱き込んで展開していたのだった。

第一章

古今東西の演劇、及び映画

――「再現」と「表現」、もしくは「現前性」

1　河竹登志夫の歌舞伎論

比較演劇論に活躍した河竹登志夫は、かつて『比較演劇学』（南窓社、一九六七）で、一九六〇年にニューヨークで歌舞伎公演が行われた際、劇評家、ブルックス・アトキンソンが『ニューヨーク・タイムズ』に次のように書いたことを紹介していた。「表現Presentationという言葉は、再現Representationを本質とする西洋の演劇からカブキを区

Theatre and Film, Past and Present, East,and West: Representation and Presentation, or their Presence?

別する鍵である」「人生の模写、再現を本質とする西洋演劇とはちがう」と。

アトキンソンは、当代アメリカで最も影響力をもつといわれた劇評家で、一九六〇年にブロードウェイ・ミュージカル劇場として復活した劇場名に名前を遺している。アメリカで歌舞伎が注目された際、大きな役割を演じたことはまちがいない。

その評言を手掛かりに河竹登志夫『比較演劇学』は、西洋演劇を写実・再現型とし、日本の歌舞伎の隈取《くまどり》の化粧、見得《みえ》や六方《ろっぽう》の型を強調した所作、また宙乗りや早変わりなど観客の意表に出る外連《けれん》の演出など、様式性やスペクタクル性について丁寧に説いてゆく。そこでは、演劇の表現手法として、写実や再現と様式性やスペクタクル性が対照的に扱われている。

そののち河竹登志夫『歌舞伎美論』(東京大学出版会、一九八九)は、その第一章に海外の歌舞伎評を紹介し、東西比較演劇論の視角を設定するが、そこにも先の『ニューヨーク・タイムズ』に掲載されたアトキンソンの劇評の一節が引かれている。国内評では、かつて坪内逍遥が歌舞伎を舞踊と科白劇と人形浄瑠璃の三要素を併せた不思議な怪物といい、ギリシャ神話中の三頭獣「カイミーラ」にたとえたこと(「歌舞伎劇の徹底的研究」一九一八、『逍遥劇談』天祐社、一九一九)、また岸田劉生が『演劇美論』(刀江書院、一九三〇)

で庶民の歓ぶ「卑近美」と称したことなどをヒントに、歌舞伎の絢爛多彩な美意識を、西洋の貴族性・秩序性・収斂性を旨とする古典主義演劇の対極に位置するものとして、多面性・多元性を不規則に展開するバロック的演劇、イギリス・エリザベス朝のシェイクスピア劇と比肩しうるものと論じてゆく。同時代性を意識してのことだ。

能の上演も含めて伝統演劇の海外公演を重ねた河竹登志夫が歌舞伎の魅力を語る境地はさらに『歌舞伎』(東京大学出版会、二〇〇一)で円熟味を増し、二一世紀へ向けた展望をも添えるに至るが、そこでも先のアトキンソンの劇評が引かれている。つまり、一九六〇年にアトキンスによってもたらされた歌舞伎すなわち「表現 Presentation」という概念が、河竹登志夫が歌舞伎を論じるキイ・コンセプトになっていたことはまちがいない。

歌舞伎の世話物で、たとえば町娘の役柄が、その生活の仕草をリアルに演じることも、女形が女より女らしさを実現してみせることも、役柄の心理の写実・再現だが、それにも舞踏、器楽や歌唱、音響、舞台の背景や道具も加わる。河竹登志夫が、そのような歌舞伎の総合芸術性をいうとき、大きな要素として視角的効果、役者の演技の様式性や道具や装置やスペクタクル性のみならず、花道など、観客を含めた劇場空間の特徴を論じてゆく。それによって、西洋演劇の閉じた舞台における「再現」型と総合的バロック的「表現」の二つの概念は区別される。それはそれでよくわかるが、はたして「表現」(presentation)と「再現」(representation)は、古今東西を通じて対立する二大概念なのか。それがここでの問題である。

「表現」(presentation)とは、観客や鑑賞者、読者など受容者に現前するもの(presence)を提示することである。西洋演劇の場合、衣装を着けた役者(表現者)の演技は、役柄(role)の心理(state of mind)、すなわち観念(idea)、認識(cognition)、情動(emotion)を声や身体動作で再現(representation)することを目的とする。しかし、それは"presentation"をいわば一方向に限定したものではないか。

一九六〇年のニューヨーク公演の際に"presentation"という表現概念が与えられた歌舞伎には、一九二八年、二代目市川左団次がソ連時代のモスクワとレニングラードで公演した際には「表現主義」(expressionism)と呼ばれた。隈取の化粧や見得や六方の型を強調した所作、また宙乗りや早変わりなど、観客の意表に出るケレンなど、様々な様式が展開する演出法が、すでに二〇世紀初頭から展開していた、近代秩序に対して無秩序な叛逆を孕んだ表現主義演劇と類似性をもち、その点において鑑賞可能性が拓かれていたからであろう。

ここで、「表現」には、"presentation"と"representation"の対立項の外に、もう一つ「表出」(expression)の位相(dimension)があることに気づくだろう。その対立概念は印象(impression)であり、考えや感情を表すこと一般を意味し、情動の突発的な噴出(explosion)にも、享受者に対して役柄の心理を再現すること(representation)にも跨って用いられる。どちらにしても享受者に対して物質的な形象(figure)を提示する点において"expression"は"presentation"と重なる。が、表現者の心理の再現に限定する"representation"とは位相を異にする。

絵画の表現主義(expressionism)は、エドヴァルド・ムンクの絵画「叫び」(Skrik、The Scream, 1893)に代表される。それは何かに怯える名状しがたい内面の感情に、叫び声をあげている歪んだ表情という形象を与えたものである。その形象を何か不安や恐怖に怯えて叫びださずにはいられない感情の表出(expression)であると、われわれは受け取る。

その形象は、一九世紀末から二〇世紀の初頭にかけてのヨーロッパの人々に共感を呼び起こした。彼らの共通する内的世界を形象化した絵画だったと了解してよいだろう。その共感は二〇世紀に入っても、あるいは今日でも、ヨーロッパを超えて広く世界に共有されているにちがいない。

繰り返すが、不安や怯えは感情であってイデーではなく、ムンクの「叫び」はその表出である。だが、もし、「一九世紀末的」ないしは「二〇世紀における現実世界から受ける名状しがたい不安や怯え」を一つの観念として把むなら、その表出は、そのイデーに具体的な形をあたえた象徴(symbol)ということもできる。いや、ここでは、象徴も表現(expression=presentation)の一種であるという凡庸すぎる事柄を持ち出しておけばよいのかもしれない。

2 「再現」と「写実」

アトキンソンは「再現 Representation を本質とする西洋の演劇」といっていたが、それはギリシャ悲劇まで遡るといえるだろうか。ギリシャ演劇論でいう「再現」とは、イデーを実際に顕現することを意味していた。アリストテレスの『詩学』(*De Poetica*, BC4C)では、ギリシャ神話中から抜き出された人物、たとえはオイディプスが背負っている悲劇的な運命がそのイデーにあたる。その役柄は観客がよく知っている神話中の登場人物であり、それぞれの役柄は仮面によって示される。仮面はその徴《しるし》にほかならない。いま、芸能における仮面の宗教性、憑依や変身の問題には立ち入らない。

ソポクレスは、その『オイディプス王』(*Oedipus Tyrannus*, ca, BC427) では、登場人物を増やし、オイディプスの彼自身の「素性の探索」が手がかりを得るたびに行き惑い、喜んだり、苦悩に陥ったり、その筋に複雑な屈折を与えた。彼の命運の悲劇性をより隈取り深く描き、それによって、観客の感情を揺さぶることに成功したのだろう。それゆえ、アリストテレスは『詩学』で、その『オイディプス王』をとりあげ、たとえば彼自身の「素性の探索」という筋の運び(ミュトス、神話のプロット) を導く主題を重要視した。

この場合、個々の演劇のストーリーを運ぶテーマ(オイディプスの命運) はその演劇の主たる題材でもあれば、イデーともなる。それを重視する作劇法は、祭祀を起源とする集団の饗宴的な芸能において、たとえば初め－経過－終末のような習慣的なプロットの定型を超える理念《イデー》の発明であった。

それは、その祭祀を超えて、言い換えれば、その上演を保証していた政治権力が滅んでも、あるいは仮面劇という様式を外してしまっても、演劇として生き延びるための内在的な要素の発明であった。それは逆に、その地方、その時代の観客を喜ばせる趣向に次々に工夫を重ねることで、演劇として生き延びること、たとえば歌舞伎で定番の筋をも変えてしまうような展開は許さない。それが西洋古典主義演劇に三一致の法則のような作劇上の約束を用意したといえるかもしれない。

ここで問題にしているのは、演劇を支えるイデーをどのように考えるかという問題である。演劇におけるイデーの再現は、本来(その起源において)、演出の手法とはかかわりがなかった。だが、アトキンスや彼にならって河竹登志夫が「人生の模写、再現を本質とする西洋演劇」というとき、それはイデーの「再現」という意味を、表現手法としての近代リアリズムと密接に関係づけてしまっている。それは、なぜか。

いま、そのイデーの再現法の変化を大雑把にとらえてみよう。たとえば一七世紀に諷刺劇が盛んになり、風刺の対象となるような典型的な人物像が舞台に登場するようになった。その役柄はいうまでもなく、台本から読み取れる人物像であり、その意味でイデーである。先のアトキンソンのいう「人生の模写」の「人生」も台本中の人物像のそれであり、「模写」は、実際の生活上のそれに近づける演技を指している。

だが、実際の舞台では、ほとんどの場合、そのイデーは演出家の台本の解釈が支配的になる。そうでないと、その演劇作品の全体の秩序が壊れてしまうからである。俳優は、その範囲内で自由を行使することが許される。いま、演劇の表現の一回性は度外視し、公演のあいだ、共通して実現される現前性の意味で作品という語を用いる。

一九世紀には実証主義が浸透し、表現の手法としてのリアリズム志向が諸芸術に浸透していった。とりわけ二〇世紀への転換期の演劇には、ロシアのコンスタンティン・スタニフラフスキーが役者に役柄になり切る演技を要求する演出法を確立し、現実社会に生きている人物像を模写する方向が確定した。

だが、それが確定するのと、ほぼ同時に、その方向に対するさまざまなアンチテーゼが噴出する。それについては、のちに扱う。

3　イプセン『ヘッダ・ガーブレル』

河竹登志夫はヨーロッパ近代演劇の筆頭にヘンリック・イプセンをあげるが、そのイプセンも『野鴨』(Vildanden, 1884) では、象徴主義に転じた。撃ち落とされ、檻に入れられた野生の鴨の鳴き声が舞台に響き、都会の登場人物たちの心の底をさまざまに揺さぶる。野生の呼び声という抽象的なイデーが撃ち落されて飛べなくなった野鴨の鳴き声に具体化され、都会生活に閉じ込められた登場人物たちはみな撃ち落されて飛べなくなった野鴨と同様の存在であり、それゆえ一人一人が、その鳴き声に心の底から揺さぶられるのである。その心の底を揺さぶられた一人一人の所作や台詞の声調は、リアルに演じられる。

そののち、イプセンの『ヘッダ・ガーブレル』(*Hedda Gabler*, 1891)は、心理主義演劇の最高傑作といわれる。退役した将軍の娘で、研究熱心なだけで愛の暮らしの希望をもてない夫と結婚したばかりのヘッダの前に、かつての恋人が夫の職を奪いそうなライバルとなって夫人とともに現れる。ヘッダはその出現に危機感を抱き、またその夫婦仲に嫉妬し、かつての恋人の完成間近の研究原稿を隠し、絶望の淵に沈んでいる彼にピストルを渡す。かつての恋人はヘッダの夫の研究を発展させたいだけで、地位を脅かすつもりはないことを告げていたが、彼の原稿を盗んだことが発覚するのを恐れたヘッダは原稿を焼いてしまう。ヘッダの意図したとおり、かつての恋人が自殺を遂げたという知らせが届く。が、彼女の思惑は二重の意味で裏切られる。

かつての恋人の遺したノートをもとに、その妻とヘッダの夫とが仕事の完成に向けて協力しはじめるからである。またかつての恋人が娼館で酔いつぶれたあげくに自殺したことが告げられ、彼の高潔な人柄を信じていたヘッダの幻想は破れる。そして、それを告げに訪れた判事からピストルの出処を知っていると仄めかされる。

それは総てが舞台の上で進行し、直接、観客に向かっての演技などなされない西洋近代のリアリズム劇だが、三一致の法則など古典劇の約束などとっくに破られ、また舞台の空間と客席のあいだにはストーリーの進行上、重要な要素をもつ密かな通路が開かれている。ヘッダとかつての恋人とが二人だけで語り合うシーンと、判事がピストルの出処を知っているとヘッダに仄めかすシーンは、その他の登場人物が知りえない、いわば観客だけが知りえる秘密だからである。ここでは、舞台は「閉じられた空間」ではなく、その二つの場面が観客だけに開かれている。その点で、通常の作劇法の約束（コード）を破っていることになる。言い換えると、観客だけが追い詰められた心情を隠して他の登場人物とつきあいつづけるヘッダを知っている。そしてヘッダがピストル自殺する轟音が鳴り響いて、最後の幕が閉じる。

タイトルには、ヘッダに旧姓ガーブレルがついている。厳格で誇り高い父親の影の下で、ヘッダは恋人と結ばれることなく、人生に飽きて希望のない結婚を選ぶしかなかったことを想わせる。このブルジョワ家庭に起こったスキャンダラスな悲劇は、世紀末の退廃の色濃い風潮を映している。上演当初は、子供を置いて家を出る女主人公を描いた『人形の家』(*Et dukkehjem*, 1879)と同じく非難を呼んだらしい。それによって『人形の家』と同様、注目を集め、イプセンの代表作の一つとなったが、そこではデカダンスと象徴主義が手を取りあって進行し、複雑な心理劇を展開していたのだった。

『ヘッダ・ガーブレル』では、ヘッダの「実人生」は、もとの恋人に対して犯した行為、それに伴う罪の意識とそれを隠して他者のあいだでのふるまうことにある。つまりは、偽りの人生を演技して生きる「人生の模写」を女優に要求するようなドラマだった。ヘッダ役の俳優には、内面の動揺と外面の平静な装いとの葛藤が生む複雑な陰りをリアルに演じることが要求される。ハムレットの女性版などともいわれ、多くの女優たちがヘッダ役に挑戦したがったといわれるが、その理由はよくわかるだろう。

外部の秩序や登場人物同士の対立葛藤が進行させるドラマが演劇の基本だが、この作品のイデーは単純化していえば、彼女の心理の葛藤そのものであり、彼女の各場面でのセリフや仕草は、その「再現」となる。それがどのような声の調子や仕草によって具体的に提示(presentation)されるか、そのひとつひとつが聴かせどころ、見せどころになる。

このようにして、二〇世紀への転換期には、抽象的イデーの具体化をいう象徴主義が拡がるにつれ、リアリズム演劇の「人生の模写」にも、抽象的イデーの具体化という側面が要求された。『ヘッダ・ガーブレル』は、いわば、その頂点をなすものだったのである。

4　イデーとその具体化のあいだ

「象徴」は、抽象概念「愛」を「バラ」という形状のある具体物で示すことをいうのが一般的である。"symbol"の原義はギリシャ語で割符《わりふ》を意味したので、その対応は一対一が基本となる。一本のバラでも、百万本のバラでも、その対応自体は変わらない。赤バラでも、黒バラでも花言葉が介在することなく、愛の象徴として扱われている限り、それは変わらない。それがアレゴリーとシンボルを別ける指標である（東アジアには、このレトリックの概念はなかった。長寿のシルシとして「鶴は千年、亀は万年」と対句に並べてしまうからである。同義で、だが、コントラストが明確なのが、対句法の本来的特徴である）。

パリの詩人たちとの交友を通して、中世から盛んに用いられていた、この象徴を意識的に用いる文芸を「象徴主義」と定義し、デカダンスの喧噪のなかから掬い出したのは、アーサー・シモンズ『文芸における象徴主義運動』（*The Movement of Symbolism in Literature*, 1899）

の序文だった。それは国際的に一つの指標とされた。

だが、「名状しがたい複雑な影をもつ心情」というイデーに形象を与えることを「象徴」と呼ぶこともある。むしろ、その方が芸術的な価値があるといわれもする。それゆえ、象徴の理解には、さまざまな混乱がつきまとうことになるが、ここでは、その議論に立ち入る必要はない。

そもそもどんな台本に示された、どのような人生であろうと、そのイデーを解釈し、演出、提示することが問われている。リアリズム演劇では、そのイデーの解釈内容の具現化を「再現」(representation)と称しているにすぎない。そういってしまった方がわかりやすい。

演出が変わり、表現の形象が一変しても、同じ台本のイデーの「再現」のヴァリエイションとされることの方を疑ってよい。同じ台本には変わらぬイデーが宿っていると考えるか、演出家や俳優の解釈によってイデーが変えられると考えるか、そのちがいが生じる。そのちがいはイデーの掴み方の抽象度など台本の解釈にかかっている。ただし、台本を改作しないことが約束となっている。改作がなされれば、それは解釈を超えた偽作とされるが、パロディーともなされることもある。斬新な演出には、その論議が付随することになる。

ところが、台本を書き換えてもよい場合が生じることもある。語の誤用やリアリズムの小説なのに実際とは食い違う事実などは正してよい。もう少し、高度になると解釈の理論上の正しさが問題になる場合もある。

ピアノの演奏でも、アルトゥール・ルービンシュタインがベートーベンのピアノ・ソナタを楽譜どおりに演奏しなくとも、その記譜法の歴史的限界を突破して、より普遍的な「楽理」に沿っていたということが起こった。その「楽理」のさまざまについては、マティス・リュシーに尋ねてみれば教えてくれる。リトミックに画期を拓いたエミール・ジャック＝ダルクローズのパリ音楽院での先生だった人である。記譜法の限界とは、より具体的には、¾拍子が途中で　拍子に転調しているのに、記譜が¾拍子のままだったことである。それに類することは、日本に、より単純な例がある。

北原白秋作詞・山田耕筰作曲の唱歌「ペチカ」の楽譜は¾拍子で記されているが、実際、多くの歌手たちは　拍子で歌っている。その方が楽理に適っていることは楽譜を　拍子のアウフ・タクト（弱起の曲）に書き換えてみれば、誰でも納得できるはずである。スラーやシンコペーションの符号をやたらに用いなくとも曲想はきれいに現れる。本当は楽譜

を　拍子に書き換えるべきなのだが、著作権法はそれを許していない。

戯曲や小説の読み方、すなわち演奏法にも似たことは起こる。たとえば田山花袋の『蒲団』（一九〇七）が日本の自然主義文芸を代表するかのような評価は、すでに誤りである。当時からそれは、早稲田大学の文芸批評家、片山哲よって、「人生観上の自然主義」と評されていたことにも、その一端は知れる。彼に、それと「文芸上の自然主義」との区別がどれほどはっきりついていたかは、いまは問わないが、島村抱月が、その区別に苦労していたことは確かである。

そして『蒲団』の直後に田山花袋は「象徴主義」というタイトルのエッセイを発表している。

ヨハネス・フォルケルトの「美学上の時事問題」（一八九五）に、自然主義は陳腐になったと思われているがそうではない、自然主義が深まれば神秘に向かうという一節がある。その鷗外訳は、すでに一九〇〇年に刊行されていた。そして、そのころ、花袋が鷗外の著作の熱心な読者だったことは自ら証言している。

つまり『蒲団』は「内に秘したる自然」というイデーの具体的な表れを巡る小説だった。遡れば、そもそも花袋の小説は大自然の息吹を醸し出すところに発しており、その出世作『重右衛門の最後』（一九〇二）には、主人公がフェアリイ・ランドに向かう場面もある。花袋の理念は、象徴主義と自然主義のあいだをうろうろしていたことは明白である。日本の自然主義を標榜する作家や批評家の大方は、ゾラの作風など芸術ではないと言明した島崎藤村を除いて、みなそうだった。藤村が象徴主義を理解していたというのではない。藤村は「告白」こそが「自然主義」「写実主義」の核心としていたからである。だが、いまは文芸思潮の理解の問題より、作品のナラティヴにそって、読者がそれを演奏できるかどうかにかかわることを扱っている。

そのはるか後、後藤明生が『小説、いかに読み、いかに書くか』（一九八三）で『蒲団』にはセルフ・パロディーが満ちていることを指摘した。その指示にしたがって小説を演奏して見れば、後藤明生がそこで指摘している箇所を超えて、さもしい欲望に翻弄されて主人公が滑稽なことばかり繰り返していること、そのくせ、世間に向かっては道学者の仮面を被ってふるまう滑稽さが溢れ出てくる。花袋の『蒲団』の直前の短篇が「少女病」と題され、類似の趣向を示していることも、その傍証になろう。

後藤明生による『蒲団』の演奏法の正しい指示は、われわれの頭に刷り込まれた『蒲団』＝自然主義リアリズムという先入観を一挙に引きはがしてくれた。そして、それは、わたしに遅ればせながら、これまでいわれてきたことより踏み込んで、花袋と柳田國男の関係を検討しなおすことを促してくれた。さらには柳田國男の『遠野物語』の語り方には一人称視点のそれが用いられていることや、柳田國男の一九二〇年までのいわゆる江戸随筆との取り組み、さらには『日本の祭』（一九四二）の全面的な読み直しを可能にしてくれたのだった（『iichiko』No.156，2022 Autumn を参照されたい。『エクリチュールへ I』知の新書 J09、に所収）。

5 異化効果をめぐって

一九二八年、二代目市川左団次一行がソ連を訪問した際に一種の驚きをもって向かえられたのは、表現主義演劇運動が展開し、鑑賞可能性が拓かれていたからであり、その一種と見なされたのだった。表現主義演劇運動は近代リアリズム演劇に対する最も激しい叛逆の動きだった。

いま、当時『鳴神』を上演し、築地小劇場にもかかわった市川左団次の演出法に立ち入る暇はないが、様式性のスペクタクルが無秩序に展開する演出法が了解されたと見てまちがいないと思う。

ただし、歌舞伎は、河竹登志夫が説くように花道が用意されるなど、舞台空間を超えて、劇場空間の構成が西洋近代演劇とはちがっていた。回り舞台も、その一つだろう。それ以前から、ドイツでは歌舞伎の翻案が試みられ、ベルトルト・ブレヒトは、観客が登場人物に感情移入して鑑賞する近代演劇を根本的に変革する「異化効果」(Vrfremdungseffekt, V-Effekt) を取り入れることに挑んでいた。ブレヒトが歌舞伎から回り舞台の装置などを取り入れたことも知られている。閉じられた空間が舞台として設定されている状態では、回り舞台が回れば、舞台が舞台にすぎないことが観客に認識される。また四世鶴屋南北の、突然、舞台裏を見せる「白化け」も異化効果として知られる。

ブレヒトは「異化効果」をエッセイ「中国演劇における疎外効果」(Alienation Effects in Chinese Acting, 1936) で、観客に劇中の人物への同化 (identify) を妨げ、その演技を演技として認識させること、それによって社会批判に向かう姿勢をつくるとした。ふつう、その着想のもとは、ロシア・フォルマリスムで活躍した文芸批評家、ヴィクトル・シクロフスキーが「手法としての芸術」(一九一七) で、享受者が慣れ親しんだ事物を事物そのものの認識に帰すこと (defamiliarization) を唱えたことにあると説明される。シクロフスキーの

「手法としての芸術」で、それは文芸の形成課程を示すことにより、文芸を文芸として認識させる志向とセットになっていた。ひとつの作品の製作過程を知ることは、たしかに読者にそれが作られた作品であることを暴き出す。が、同時に、その魅力のよってきたる所以、その作品の秘密を知るという知的な楽しみを与える。

ブレヒトの「異化」は、観客に眼前に展開している演劇が社会的な出来事の再現であることを前提にしており、それが演劇であることを認識させることは、舞台に同一化していた観客を、その場で、その状態から引き離すスペクタクルな衝撃を伴う。その手段が絶えず更新されれば、驚きも更新されるが、そうでなければ、常套手段と化して観客に驚きは与えられない。

閉じられた空間としての舞台の場の転換が、回り舞台によってなされるとき、それはたしかに演劇が演劇にすぎないことを剥き出しにするスペクタクルな場面ではある。が、それは回り舞台が回転している間だけのことである。それには、次の場面の配役を告げ、期待を膨らませる効果を伴うこともあろうし、新しい場が展開してゆけば、観客はまたその舞台に引き入れられる。

回り舞台は、幕によるにせよ、暗転にせよ、通常の場面転換と異なる手段として意識されてしまえば、それは幕間にロビーに出て知り合いと談笑する時間の代わりに観客に用意された、珍しいスペクタクルな見せ物の提供になる。演劇の観客は、それが演劇であること、社会生活の日常から別の時空を楽しむために用意されていることを承知で舞台を見にゆくのだから、その時空への出入りに、幕や暗転とは別の手立てが現れたことを楽しむことになる。つまり、ブレヒトの期待する異化効果をもたなくなる。

演劇が演劇にすぎないことを観客に意識させる手段は、いくらでもある。最も簡単な手段をあげてみれば、シリアスなものにせよ、コミカルなものにせよ、舞台に引き入れられている観客に、その時点の街の音を、それと分かるように聞かせることだろう。それが劇場によって用意された演出の場合、それは劇場という空間の約束を破る行い、演劇による自らの破壊である。それが新しい演出として驚きをもって向かえられるかどうかは、観客の一人一人が何を演劇に期待するかにかかっていよう。

そして観客に社会批判の姿勢にさそう手段は、異化効果に限らない。社会を疎遠なものとして描きだすこと、ないしは疎外された人間の状態を批判的に描くことなどによってもも可能であろうし、その方法には、批判的リアリズム、諷刺的コメディなどさまざまがあるだろう。

四代目南北の「白化け」は、いままで見ていた舞台が舞台でしかないことを観客に知らしめるスペクタクルな効果を伴うことで、ブレヒトの「異化」と同じだが、主人公が正体を表すのと同じ驚きを観客に与える趣向の展開と見なすことができる。乞食として登場していた人物が実は高貴な出自だったと正体が明きらかになることなど、それまで感情移入してきた主人公が意外や意外の正体を現すことは、日本の物語の常套である。常套と知ってはいても、別の物語では、どんな正体を露わすかあるいは、いつ、どのように正体を露わすかが期待される。

それに比べたなら、「白化け」は、演じていた俳優が俳優という正体を現すことであり、あたりまえの現実を演出することである。何度、繰り返しても、飽きさせないためには、その都度、ちがう楽屋裏を用意しなくてはならないが、どれほど工夫しても楽屋裏は、いつでも表舞台に対する楽屋裏にすぎない。そのため、同工異曲の趣向として飽きられてしまう性質のものである。そして、同じ異化効果といっても、そもそもスペクタクルな意外性を期待する四世南北の芝居と、感情移入を前提とするブレヒトの場合とでは、それぞれの前提条件がちがっていた。

日本の場合、一八世紀後期には民衆文化が爛熟期を向かかえ、さまざまな価値観の逆転が試みられたのち、寛政の改革で朱子学が復興、風紀紊乱が取り締まりにあい、一九世紀への転換期には屈折が生じていた。たとえば四代目南北は観客の度肝を抜く演出に工夫を重ねた。先にふれた「白化け」もその一つである。『天竺徳兵衛韓噺』では、巨大な蝦蟇を舞台に登場させ、屋根を上から押しつぶし、観客は、その屋台崩しのスペクタクルに瞠目した。

巨大な蝦蟇が舞台に登場し、もし、それが精巧であれば、それに対する讃嘆の念も起きるだろう。が、それは演劇のスペクタクル性とは別種の感動である。

普通の近代演劇においても、対話劇が進んでいたところに、急に華やかな群舞が舞台いっぱいに繰り広げられれば、それだけでスペクタクルな効果をあげる。生身の人間が踊り躍るのだから、どんな衣装をつけていようと、巧拙を超えて、そのリアルさはいうまでもない。だが、ことわるまでもないだろうが、表現手法としてのリアリズムは、「彼女／彼はリアリストだ」というときのリアリズム、ないしは哲学における現実重視のリアリズムとは全く位相が異なる。観念世界の価値に重きを置かず、理想を追うこともなく、あるがままの現実に立って物事を判断する態度とも別のものである。

6　二〇世紀への転換期

二〇世紀への転換期には"representation"型、近代のリアリズムに対して美的価値の復権を懸けた様々な表現方法の革新が芸術全般に巻き起こっていた。言い換えると、それは"representation"を本質とする"expression"の近代概念からの脱出の動きであり、モーリス・メーテルランクの神秘的象徴主義やドイツ自然主義演劇の旗手だったゲアハルト・ハウプトマンが『沈鐘』(*Die versunkene Glocke*, 1896)で、教会の鐘造りの職人が妖精(スピリッツ)の世界に誘われるメールヒェンを現出させていた。

その下地をつくったのは、一九世紀後半にリヒャルト・ヴァーグナーがギリシャ古典やゲルマン神話に題材をとる大規模なオペラでヨーロッパを席巻するほどの勢いをもったことである。それによって、キリスト教社会においては、在りえないとされていた絶対的超越神の顕現(presence)に換わって多神教の神や妖精の"presentation"が立ち現れていた。

そして、多神教を宗教的基盤にした古典ギリシャ演劇や日本の能も象徴主義の名において呼ばれることになった。日本では二〇世紀に入ると、一九〇八年には元大名家に秘されていた世阿弥の能楽書が地理学者、吉田東伍《とうご》によって公表され、それまで名前から僧侶の出身と見なされてきた観阿弥・世阿弥父子の研究も格段に進み、リアリズムへの傾斜を強めた新歌舞伎などよりも岩倉具視の庇護を受けて存続していた能が中産階層の関心を呼んだ。フランス人宣教師で、日本人の洋楽の指導にも取り組んだノエル・ペリが「特殊なる原始的戯曲」で能を表象主義（サンボリズム）と論じたのは、一九一三年『能楽』七月号でのことである。多神教信仰の祭祀に起源をもつ簡素な舞台で演じられる仮面劇で、コロス（合唱隊）が状況を説明するところなど似た要素をもつ能と古典ギリシャ劇との類同性を認めて「原始的戯曲」と呼んでいる。古典ギリシャ劇のコロスは舞いもするが、能の囃子方は器楽を演奏しても舞いはしないなどちがいはあるが、能が国際的評価を受けたとき、それは象徴主義演劇と認定されていたのだった。

能のルーツの一つには神社建築様式の簡素な舞台で演じられる。宮中で行われた追儺《ついな》のように邪鬼を払う場面を中心にした神楽も想定すべきと想うのだが、中世に民間で盛んになった物真似芸をいう猿楽の所作に取り入れられて一つの型をなし、足利将軍家の庇護を受けて発達、のちには一座は戦国大名に抱えられた。その内、舞は、直接、観客に向けた演技としてなされるが、シテ・ツレ・ワキが繰り広げる詞章による問答は、いわば舞台内に閉じたもので、シテが擦り足で舞台を回れば、それが旅程を示す様式となる。やがては、二人の演者による問答と所作だけで運ぶ諷刺滑稽を旨とする狂言と交互に演じられるようになり、囃子方との調整を含めて狂言方が全体のプロデュースを担当するようになったとされている。

世阿弥は天台教学が煩悩即菩提を説くなかで、生前、殺生を重ねた者の魂が歿後にそれを悔いる場面を繰り広げる夢幻能の形式を飛躍的に発展させた。とりわけ、雅楽の舞曲から連歌・蹴鞠にも拡がった「序・破・急」(緩やかに始まり、転調し、急速に変化・逸脱して終わる)の三段構成を重んじ、各曲の構成を「序一段・破三段(小さな序破急)・急一段」の二重の「序・破・急」とし(『三道』一四二三)、またそれを一日の番組編成(曲の配列)にも及ぼし(『花鏡』一四二四)、ひとつひとつの所作にも、ついには森羅万象にも序破急を見るに及び、物事の成就完結をもって「面白し」と見る境地を説くにいたる(『拾玉得花』1428〔第五問答〕)。

そのような研究が進み、やがて一九三〇年代に中世美学の代表格として「わび・さび」や幽玄をあげ、千利休の茶の湯と並んで世阿弥の『風姿花伝』などの芸論、芭蕉の俳諧が「日本的なるもの」の代名詞とする動きが活発になる。それは、東アジアを舞台に皇軍が侵略戦争を繰り広げる時勢に対して、むしろ平穏な文化ナショナリズムを標榜する流れだった。

第二次世界大戦に敗北した日本が、国際連合軍の占領下に復興を果たし、一九五二年のサンフランシスコ条約締結後、独立国家として国際的に公認されてゆく中で、一九六四年に開催された東京オリンピックを契機として文化ナショナリズムの高揚期を迎えることになる。そのとき、一九三五年を前後する時期に高まった「わび・さび」や幽玄を「日本的なるもの」と呼ぶ風潮が呼び返され、以降、一九八〇年代までそれが持続していたのだった。それについては、もう一度、まとめなおしてみたい、と思っているところである。

7　映画におけるリアリズムの変容

能とは別に近世芸能である歌舞伎の評価を高める役割を負った河竹登志夫は、同時代性を考慮し、劇場空間までを含めて、その相同性をエリザベス朝のシェイクスピア演劇に求めたことは先に見たとおりである。わたしは、歌舞伎に対する理解が米欧の観客に拓けたのは、それに加え、スペクタクルな演出法への理解が開けていた可能性として、表現主義演劇及びブレヒト的異化効果との類同性を付け加えてみたまでのこと。河竹登志夫は、第二次世界大戦後の欧米における歌舞伎受容の一端として、花道に類似するものが作られ、常設したところもちらほらあったが、定着したわけでないと述べていた。劇場空間の舞台と客席の関係を大きく変える試みは大きな公演ごとに行われるようになってくると、花道に類似のものを常設することの意味はなくなるだろう。そもそもヨーロッパにおける観劇の習慣の定着に比して、日本のそれは第二次大戦後、大きな変化を被ってきたことは、いまさらいうまでもなかろう。メディア間の相対比較で、TV享受が異様なほど膨らんだことが大きくはたらいた。

先に述べた演劇や芸能の動きのほかに、さらには、二〇世紀には映画が各国で大衆芸術として隆盛したことも無視できない。ごく単純なことをいえば、たとえば花道で見得を切る動作は、閉じた舞台空間における演技に馴染んだ観客には、違和感を覚えさせて当然だったが、シーンを切り替えて、一人の主人公に焦点をあて、さらに顔をクローズ・アップする映像の演出に慣れた観客にとっては、そこに見たこともないような仮面に似たメイクを施した顔が現れることに驚きは感じても、まあ、表現主義映画に似ているな、というくらいの感想を呼び起こす程度ですんでも不思議はないと思うからだ。むろん、実際にクローズ・アップがなされるわけではないが。

いま、アメリカ映画に目を転じれば、第二次世界大戦前に限っても、チャールズ・チャップリンやアルフレッド・ヒッチコック、またジョン・フォードらの監督作品などに、様式性やスペクタクル性を重んじる演出は、いくらでも見出せる。だが、それでもチャップリンの浮浪者の様式性は、実際の浮浪者から典型を抜き出したものであり、ヒッチコックにしてもジョン・フォードにしても、スペクタクルなシーンは、いわば自然の光景にせよ、人為的に演出したものにせよ、どちらも実写によるリアルなシーンを挿入して編集したものである。

それは、ドキュメンタリー・フィルムのリアリズムとは別種のそれで、われわれは、第二次世界大戦前のフィルム・アートにおける二種のリアリズムに突き当たるが、いま、その問題は、どちらも実写という再現的リアリズムの表現手法を用いていることさえ確認しておけばよい。そこでは、俯瞰撮影やクローズ・アップなどの視角の切り替え、モンタージュによる場面の切り替えも頻繁に行われる。ごく簡単にいえば、西洋近代の再現(representation)を基本とする表現も、二〇世紀前半の新しい演劇や映画においては表現(presentation)に頻繁に転換され、一般の観客が、いわば「再現」と「表現」の切り替えを楽しむことを知っていたことだけ言っておけばよいだろう。

なお、天候や風の向きに左右される実写フィルムと比べて、今日のアニメーションとCGは、どちらも映像の制作者の意図どおりに実現(presentation)しうる。ただし、アニメーションに馴染んだ観客のなかには、CG加工したフィルムはのっぺりして偽物臭いと感じる人もいるという。3D映像が主流になったわけでもない。そこに現前している映像の世界が、どれほど実際に近似しているかにかかわらず、観客は想像力を駆使して、実写、アニメーション、CGのそれぞれにおいて、物質的なスクリーンに映し出される映像から、近似的な世界に浸ることができ、それらにおいても視角の切り替えやモンタージュの手法も実写フィルムより頻繁かつ大胆に導入されている。

海外における日本の伝統演劇の評価の高まりは、当事者の努力を度外視していえば、動きのある映像表現のナラティヴの多様化と並行しているといってよいと思う。

第二章

江戸川乱歩、眼の戦慄

――小説表現のヴィジュアリティーをめぐって

Shudder in the eyes by Edogawa Rampo; On Visualities of Modernist Fictions in Japan

1　文芸におけるヴィジュアリティー（視覚性）

文藝表現における視覚性は、インクの染みから読者の脳裏に立ちあらわれる様ざまな幻影（イメージ）のうち、聴覚や嗅覚などと並ぶ視覚のそれを指していう。それらは、インクの染みの形状に関すること、文字面、文字の配列、記号などの視覚的効果と強く関係するが、それとは区別して論じるべきである。

記号への着目は、早くは幸田露伴（一八六七〜一九四七）が随筆「猿小言」（一八八九）で、「言文一致のぽち〳〵、針目の見えたる御手際をも」[1]などと、二葉亭四迷『浮雲』が内海文三の内面の煩悶を書く際に用いた「……」にふれるなどしているが、とりわけ、表現対象としての作品の物質的な形式性を強く意識する一九二〇年代の狭義のモダニズム文藝では無視することはできない。たとえば佐藤春夫『田園の憂鬱』（一九一九）では雨だれを「声のないコーラス」にたとえ、「……、」を何行も繰り返しているし、高橋新吉の詩集『ダダイスト新吉の詩』（一九二三）には「皿皿皿皿……」と皿の文字を重ねて皿の重なりと重ねる文字の配列が見られ、梶井基次郎（一九〇一〜一九三二）「檸檬」（一九二四）で爆弾に見立てられるレモンの表記は、行分け詩の形の草稿では「レモン」となっていたものが、字画の多い漢字に置き換えられたりした。ここでは、それらを論外に置く。

そして、その文藝表現から立ちあらわれる視覚的幻影が自然や生活のなかの事物一般のそれではなく、絵画や彫刻、写真、舞台、二〇世紀においては映画など、他の藝術ジャンルの表現様式をまとっている場合も多い。その区別はつきにくい場合もかなりあるが、先に述べたインクの染みの形状とは異なる表現の水準によって、読者の脳裏に、一定表現様式を想起させることもある。たとえば梶井基次郎の「檸檬」の草稿のひとつ、「瀬山の話」と名づけられてきたそれにおいて、八百屋の陳列台の背後に備えられた鏡にたくさんの果物類が歪んで映り、様ざまな色彩の流れをつくっている場面を描いたところがある。これは表現主義絵画を念頭においていることは明らかで、読者の脳裏にもその様式を想起させようと意図した表現である(2)。

本稿では、二〇世紀日本の探偵小説ジャンルの扉を開き、かつ、それを隆盛に導いた乱歩作品群の視覚性に着目し、それによって日本の小説における視覚性の歴史に見渡しをつけてみたい。江戸川乱歩（一八九四〜一九六五）の記述が強い印象を残す視覚イメージを多分にふくんでいることは誰もが認めるだろう。またレンズを用いる器具が生みだす映像を好み、錯視への関心は「D坂の殺人事件」（一九二五）における縦縞の浴衣のトリックや、エドガー・アラン・ポー(Edgar Allan Poe, 1809–49)の「赤死病の仮面」(The Masqueof the Red Death, 1842)をヒントにして、建築の幻想を多次元世界にまでふくらませた「パノラマ島奇談」（一九二六）第一八章に、いわゆるトロンプルイユ(tromp l'oeil 騙し絵)の仕掛けが応用されていることなど、あらためて指摘するまでもないだろう(3)。鏡像のもたらす自意識の反射が狂気に向かわせることを書いた牧野信一「鏡地獄」（一九二五）と、鏡像に囲まれた自意識の乱反射が人格の崩壊にまで導くことを書く乱歩の同題の作品（一九二六）

が共通性をもつことには、かなり以前にふれたこともある[(4)]。それゆえ、考察は私自身の既論を縫いあわせながら進むことになる。それをあらかじめ、お断りしておく[(5)]。

2　江戸川乱歩の位置

最初に江戸川乱歩の文芸史における位置を明確にしておきたい。最近、江戸川乱歩探偵小説は「変格」であるとか、「純文学」に対する「大衆文学」に属するとかいう言い古された図式がふたたび頭をもたげる気配があるからだ。

江戸川乱歩が新たな言語芸術の一分野として探偵小説の開拓を目指したことは、誰の目にも明らかである。彼は、谷崎潤一郎（一八八六～一九六五）、佐藤春夫（一八九二～一九六四）、芥川龍之介（一八九二～一九二七）ら「文壇作家」が探偵小説を手がけていることに勇気を得て、探偵小説の職業作家として出発することを決意し、探偵の冒険談に傾きがちな欧米の探偵小説やその翻案――それと「時代小説」（一九三五年ころ定着した名称。それまでは「時代もの」「髷もの」）とを結びつけたのが多くの「捕物帖」だった――の流れに対して、犯罪トリックを中心にする流れを日本に創り出す役割を果たした。

しかし、それだけでなく、怪奇幻想やトリッキイな要素などを「探偵趣味」と呼び、彼自身、作品にそれを発揮した。当時、犯罪もの、探偵や刑事ものに限ることなく、謎めいた怪奇性を漂わすものをなべて「探偵小説」と呼んだのは、それが"detective story"のみならず、"mystery"の訳語として明治期に成立し、エドガー・アラン・ポーの多様な作品群を一括して、そのように呼んだことが根のところにある。

そして、この乱歩の姿勢は、読書界に人気を獲得しはじめた創作探偵小説ジャンルを大きく育てるため、そして自ら職業作家として生きるための手段でもあった。その姿勢から乱歩は、勤労大衆に背を向ける「文壇小説」に対して、「時代小説」作家、白井喬二（一八八九〜一九八〇）が発した「大衆文藝」を興そうという呼び掛けに応え、その運動の一角を担ってゆくことになる。

都市大衆文化の形成期を迎えつつあったジャーナリズムは、この「大衆文藝」運動を歓迎した。また当たりをとった円本シリーズのひとつとして平凡社が「大衆文学全集」を刊行し、大量宣伝によって、「大衆文学」という呼称が、そして、"mass"の訳語としての「大衆」が、瞬く間に定着した。江戸川乱歩の名前は、その波にのって、東京・大阪両『朝日新聞』——関東大震災を契機に全国紙のようになり、『大阪毎日』『東京日日』

と前後して、三百万読者を呼号した――に躍った。が、同時にそれは、大衆の低俗趣味に迎合する姿勢を彼にもたらすことにもなった。乱歩自身、のちの回想で、この姿勢の転換を反省している。しかし、その転換が、いわゆる「変格」ものを多くふくむ探偵小説を隆盛に導き、それまで相当ひらいていた「時代小説」と探偵小説の読者数の差を、かなり埋めることに一役買ったのも事実である。[6] そして、江戸川乱歩の小説が低俗に陥ったときでさえ、彼が小説の書く精神領域を拡大し、また方法を開拓しつづけた功績を無視することはできない。

「大衆文学」形成期における探偵小説と、それをリードした江戸川乱歩の位置を再確認したのは、大衆文化状況における小説の傾向を藝術性ないしは思想性と娯楽性とに二分することなどできないからである。そもそも中国の稗史小説類は民衆の生活を土台にしたもので、士大夫層の高尚な「文学」(「文の学」、ときに「文と学」の意味)の範疇には入れられていなかった。そして、白話小説を受容しつつ形づくられた徳川時代の戯作や読本も町人層を主な読者層としていた。ヨーロッパの近代小説も市民社会を基盤に発達したもので、小説というジャンルは本質的に、その意味での通俗性――一般性を意味し、徳川時代に「通俗」の語は中国ものの翻訳の意味でも用いられていた――と縁を切ることなどできはしない。「大衆文学」の隆盛により、一九二五年ころより二つの文壇が形成された形になるが、小説全体は思想性ないしは芸術性に優れたものと低俗な娯楽性に偏るものとのあいだにグラデーションをなして分布し、新聞小説には、どちらの文壇の作家も通俗性の高いものを寄せていた。まして一九二〇年代後半から三〇年代にかけての小説界は「時代小説」「探偵小説」「プロレタリア文学」「モダニズム」（狭義）の四つの文学運動が用いる手法が相互浸透しながら展開していた。[7] たとえば梶井基次郎のコント「Kの昇天」（一九二六）には探偵小説の手法が、散文詩的な「桜の樹の下には」（一九二七執筆）には江戸川乱歩の影が、それぞれ認められる。これを「純文学」と「大衆文学」に二分するのは原理的に不可能である。

「純文学」「大衆文学」のスキームによって、小説界を二分して論じることは、どちらの側に立つにせよ、他を排除する党派的姿勢であり、また小説界全体の動きとその諸概念の歴史を無視し、文藝史の半分しか見ないために、数かずの作品の、したがって文藝の歴史の研究にも失敗するしかない。「探偵小説」を「本格」と「変格」に二分することも、まったく同じである。[8] 乱歩は「変格」ものにも活躍したからこそ、広い影響力をもったともいえる。

3　イリュージョンとリアリティー

3-1 レンズ仕掛け

江戸川乱歩の小説における視覚性には、「屋根裏の散歩者」(一九二五)でよく知られる「見」のテーマがある。「闇に蠢く」(一九二六)にも、温泉場の浴場で、洋画家(三郎)が男湯にしつらえてある覗き穴から女湯を覗く場面があり、「そこには、覗きからくりの、或いは映画の、あの不思議な戦慄と興味があった[9]」と語られている。ここで「見」と同様、視る者に「不思議な戦慄」をもたらすものとして、覗きカラクリと映画があげられている。そして、その穴から、画家は愛する女(お蝶)が温泉旅館の主人のマッサージに身をまかせるところを覗くが、彼女の裸身全体が見えるわけではない。彼女の肉体の一部が蠢き震えるのを垣間見、旅館の主人に無理な姿勢をとらされている姿態の全容を想像して心を震わせる。覗き見は、ここでは身体部位(parts パーツ)の視覚性にかかわる。

覗きカラクリといえば、乱歩の傑作「押絵と旅する男」(一九二九)が思い浮かぶ。ある男が望遠鏡の中に視えた覗きカラクリの中の押絵の女に懸想し、双眼鏡を弟に逆さに覗いて視てもらい、小さく映った自身の影像を、その覗きカラクリにしかけて、愛する女に見つめられつづける幸福を感じつつ生きている。乱歩は望遠鏡と覗きカラクリというふたつのレンズ器械による錯覚を重ねるトリックによって、ありえないことを「実現」してみせたのだった。そこで、ここでレンズを用いる光学的器械による錯視と視覚表現との結びつきについて、ざっと振り返っておこう。

覗きカラクリは、中にしかけた対象を、レンズを用いて立体的に見せる錯視の道具である。一九世紀後半の、あるロシア・ナチュラリズムの画家は、覗きカラクリで森などを写した風景写真を覗きながら、遠近の感覚を出す工夫をしていた。箱の中に浮かび出るリアリティーのあるイリュージョンを写せば、絵にリアリティーをもたせることができるわけだ。

一五世紀イタリアで光学器機を用いて、立体図を描く工夫がなされ、それが透視図法を生みだしたことはよく知られる。透視図法は建物を描くには効果的だが、自然の風景には応用しにくい。それゆえ、レオナルド・ダ・ヴィンチ(Leonardo da Vinci, 1452–1519) は、風景に立体感をもたせるのに色彩の濃淡などの工夫を重ねた。中国一一世紀に発展した俯瞰図法や陰影による遠近法を応用したという説もある。自然の風景に遠近感を出すのは、一九世紀後半でも、かなりむつかしかったというわけだ。

他方、覗きカラクリのリアリティーのあるイリュージョンは、視る者に驚きを与える。徳川時代には眼鏡絵と称して、透視図法を用いて描いた絵を覗きカラクリで覗いて、立体感を伴って見える不思議を民衆が楽しんでいた。西洋渡りの眼鏡絵を流行させたのは、一八世紀京都の画家、円山応挙（一七三三～九五）らしい。応挙は中国の遠近法もあわせて、描画法を工夫したが、眼鏡絵は浮世絵におよび、一九世紀への転換期に活躍した葛飾北斎（一七六〇～一八四九）は遠近法を自在にあやつり、トリッキーな工夫を様ざまに行った。そして、それは一九世紀後半、遠近法呪縛から逃れようとする絵画の機運のなかで、フランスの画家たちを喜ばせたという[10]。さらに時代を下れば、フランス・シュルレアリスム（surrealism）のマルセル・デュシャン（Marcel Duchamp, 1887–1968）が、覗きカラクリの中に摩訶不思議な光景を現出させていた。

日本の明治後期の美術界においては、応挙によって西洋画の描法の応用が始められ、それが脈々と受け継がれていたことは知られていた[11]し、覗きカラクリはあいかわらず見世物として用いられていた。それを郷愁とともに応用したのが、「押絵と旅する男」だったのである。

「押絵と旅する男」は、「私」が富山県魚津海岸の蜃気楼を見にゆくところで幕を開ける。その列車の中で、覗きカラクリを持ち歩く男にであい、男から話を聞くという運びである。蜃気楼は、空気がレンズの働きをし、空中の砂塵などがスクリーンの役割を果たして、実景が浮かび出るしくみなので、そこには動いている車なども見えることがある。ただし、ぼんやりとしか映らない。像は微風に揺れつづける。風が強く吹き、また陽が傾けば消えてしまう。いかにも幻《まぼろし》らしい。

いかにも幻らしい映像をつくるレンズ仕掛けの器械に幻燈がある。幻燈は家庭で壁やシーツに映したので、像はぼやけがちで、いかにも幻を想わせる。それが幻燈の懐かしさだ。乱歩が少年期に幻燈に魅せられていたことは、乱歩ファンにはよく知られている。乱歩が色紙に残した「うつし世はゆめ　よるの夢こそ　まこと」ということばが幻燈と重ねられて語られることもある。幻燈が映し出す世界こそが「まこと」ということになる。

そして、幻燈は、日本の創作探偵小説の最初期から登場していた。最初期幸田露伴に探偵小説「あやしやな」（一八八八）という作品がある。イギリスを舞台にとり、登場人物もすべてイギリス人。刑事が幻燈を用いて壁に大入道を映しだして犯人を脅えさせ、犯罪を暴きだす。これが日本における探偵小説と幻燈の結びつきの嚆矢である。ここには新しい器械に対する関心が覗いているが、露伴は、父親のアドヴァイスで電信技士の道につきながら、それに飽き足らずに作家を志した人だった。そして、すでにポーの探偵小説の翻訳（森田思軒訳）がはじまっていた。

3-2 人形幻想

露伴と乱歩とのあいだの距離を結ぶ、もうひとつの線がある。明治期浪漫主義の傑作として知られる最初期露伴の「風流仏」（一八八九）。修行中の仏師が、失恋の煩悶をつのらせ、菩薩に見立てて彫った娘のレリーフから衣裳をそぎ落とし、薄衣一枚まとわぬ女体を現出させると、その木彫が活きて動き出し、彼を失恋の煩悶から救う場面を頂点におく。

仏像に男が性欲をもよおす話は古代の仏教説話集『日本霊異記』や中世の『今昔物語集』にうかがわれ、遊女を菩薩に見立てることは謡曲「江口」をはじめ、徳川時代には広く流布していた。しかし、薄衣一枚まとわぬ女の裸形をとる菩薩像など日本にはない。その若い仏師は「国粋保存主義」が台頭する同時代の気分を映しているが、早くも狭義の美術（視覚藝術）としての仏像彫刻という概念を身につけており、それは、古代ギリシア彫刻やヨーロッパ近代美術を受容した新時代の観念の産物だった[12]。

女の裸身に菩薩を視ることが規範化するのは、この小説によると考えてよいのではないか。谷崎潤一郎や江戸川乱歩は、それをクリシェのように繰り返した。谷崎潤一郎『痴人の愛』（一九二四）には、譲治がナオミの裸身のパーツ写真を見ながら「奈良の仏像以上に完璧[13]」と讃嘆する場面があるし、乱歩「闇に蠢く」では、お蝶の肉体の美しさは「われわれの祖先が憧憬した仏像の、殊に具足円満なる菩薩の像の美しさであった[14]」と形容されている。しかし、それをもって露伴と乱歩を結ぶ線などというつもりはない。

露伴が、自分でつくった象牙の女神像に恋をするピグマリオン（Pygmalion）の伝説を知っていたかどうか定かでない。「風流仏」の木像が活きて動きだすことにヒントを与えた作品としては、森鷗外がその年三月から七月にかけて『読売新聞』に「玉を懐いだいて罪あり」と題して翻訳したホフマンの小説「スキュデリー嬢」（Ernst Theodor Amadeus Hoffmann, "Das Fräulein von Scuderi", 1816）を指摘できる。その夢幻の場面では石像が動きだす[15]。

「風流仏」は探偵小説ではないが、この作品に発する系譜は、四年後、伝統工藝品としての人形に恋情を抱く泉鏡花「探偵小説　活人形」（一八九三）を経て、江戸川乱歩「人でなしの恋」（一九二六）へと受けつがれる。注意深い読者は、その乱歩の小説の中に泉鏡花の名が、そっと書き込まれていることに気づくはずだ。そして「押絵と旅する男」が生まれた。

ただし、「人でなしの恋」の京人形は口をきくが、「押絵と旅する男」の押絵の人形は活きて動くことはない。歳もとらない。それに対して現身《うつしみ》のまま押絵の人となった男は齢を重ねてゆくばかり。その覗きカラクリを持って歩く男は、その男の弟という。兄が不憫でならないという嘆きで、物語は幕をとじる。あるいは、それは人形を愛した罰かもしれない。そして、もしかしたら、兄として語られた人物は、それを語った男自身、その分身なのではないか、という疑いもかすかに残る。

4 写真とイリュージョン

4-1 谷崎潤一郎の場合

幻燈の映像が醸しだすあやかしは、映像が動いたり、像が拡大することだけでもない。もう一度いうが、スクリーンの状態や映写機のレンズの具合で、像がおぼろげにもなるので、幻らしさが増すのだ。しかし、像がおぼろげになるのは、蜃気楼や幻燈だけではない。写真も現象に失敗すれば、おぼろげな像しか結ばない。

カメラの普及に伴い、エミール・ゾラ（Émile Zola, 1840-1902）が街頭のスナップ・ショットを映像の記録として用い、それを永井荷風（一八七九～一九五九）が真似したことは知られている。が、写真に対する関心は、対象のリアルな映像の記録とは異なる方向、神秘的、幻想的な世界を現出させるためにも用いられた。

写真が神秘を醸しだすには、宗教美術を真似ればよい。ふたつの方向がある。ひとつは、宗教的象徴の衣装をつけたり、演技したりする人間をリアルに撮る方向。他のひとつは、光線の演出や現像時間を調節することで、印画紙の上に幻影のような映像を定着する方向、幻想をいかにも幻想らしく、その意味でリアルに浮かびあがらせる方向。もちろん、このふたつをあわせてもよい。実際、フランス象徴主義絵画の巨匠、ギュスターヴ・モロー（Gustave Moreau,1826-98）も写真に助けを借りていた。写真は、その初期の段階から、絵画の遠近法と同様、イリュージョンとリアリティーの交錯する場を作り出してきたのである(16)。

この写真の性格を効果的に用いた作品に谷崎潤一郎『痴人の愛』がある。ナオミが姿を消してしまい、寂しい日々を送る譲治の日記のあいだから、彼女の写真が出てくる場面。

それらの写真は私以外の人間には絶対に見せるべきものではないので、自分で現像や焼き付けなどをしたのでしたが、大方水洗ひが完全でなかつたのでせう。今ではポツポツそばかすのやうな斑点が出来、物によつてはすつかり時代がついてしまつて、まるで古めかしい画像のやうに朦朧としたものもありましたけれど、そのために却つて懐かしさは増すばかりで、もう十年も二十年もの昔のこと、……幼い頃の遠い夢をでも辿るやうな気がするのでした(17)。

そこに写っているのは洋装をし、洋画の女優のような様ざまなポーズをとったナオミである。この「ポツポツそばかすのやうな斑点が出来、物によつてはすつかり時代がついてしまつて、まるで古めかしい画像のやうに朦朧とした」写真は象徴主義絵画の技法を用いた写真の幻燈効果と重なるところが多い。それゆえ譲治を「幼い頃の遠い夢をでも辿るやうな気」に誘う。

しかし、谷崎は、写真の効果をそれに限らない。「幼い頃の遠い夢をでも辿るやうな気」に誘われながら、譲治は、さらにナオミの写真を視つづける。

その撮り方はだん〳〵微に入り、細を穿つて、部分々々を大映《ママ》しにして、鼻の形、眼の形、唇の形、指の形、腕の曲線、肩の曲線、背筋の曲線、脚の曲線、手頸、足頸、肘、膝頭、足の蹠《うら》までも寫してあり、さながら希臘の彫刻か奈良の佛か何かを扱ふやうにしてあるのです。こゝに至つてナオミの體は全く藝術品となり、私の眼には実際奈良の佛以上に完璧なものであるかと思はれ、それをしみ〴〵眺めてゐると、宗教的な感激さへが湧いて來るやうになるのでした。[18]

先に引いたところである。この写真は、ナオミの肉体の各部位のリアルな映像であり、譲治がナオミの身体を美しいオブジェ(object)として眺めていることをよく示している。女体を各部位、パーツに分けることは、谷崎の作品では「青い花」(一九二二)あたりから窺える。その語り手は、連れの若い女性のからだの部位のひとつひとつをリアルに想像することだけで、眩暈を伴う興奮に襲われる。[19]

『痴人の愛』の譲治がオブジェとしてナオミの肉体を眺めることは、彼がナオミを知性のない女と感じていることに対応しているといってよい。ところが、一度バラバラのパーツに分断された写真から、譲治は、その全体像を想像する。そのとき浮かびあがるナオミの裸身に「宗教的な感激」さえ覚える。パーツに分解し、それを想像の中で再構成する操作を媒介にして、譲治は、生身のナオミからは感じることのなかった感情をはじめて感じるのだ。それは譲治がナオミを崇拝するにいたる将来を予告している。

『痴人の愛』は、譲治がナオミを「教育」することによって、ナオミが変貌を遂げ、女として振る舞いはじめ、譲治が彼女に隷僕のように従うことに歓びを覚えるまでを書く小説である。それは最初期谷崎潤一郎の「刺青」(一九一〇)において、刺青をほどこす男とほどこされる女のあいだに起こる支配と被支配、サドマゾヒズム(sadomasochism 加虐被虐性愛)の関係が逆転することの変奏といってよい。

4-2 パーツの視覚性

谷崎潤一郎は、『痴人の愛』における女体のパーツの写真を眺める行為を「青塚氏の話」(一九二六)では、映画のシーンに移しかえる。そして、それにピグマリオニズム(Pygmalionism 彫像フェティシズム)とを結びつけ、倒錯を更新させる。

「青塚氏の話」は、ある映画監督が、その肉体の魅力をスクリーンに映し、スターに育てた女優にして彼の妻でもある「由良子」に、密かに書き遺していた遺書を、彼女が発見して読むという形式をとっている。その遺書のなかに青塚氏なる人物が登場する。青塚氏は理想の女性を、映画監督の妻の名、「由良子」と呼び、その裸体に様ざまな姿態をとらせたゴム人形を何十体もつくり、また何人もの娼婦の裸身のパーツをフィルムに写して、その集合体として理想の女の裸身を想いえがくような変態性欲者であることが記されている。ゴム人形を相手にする彼の趣味は、人形だからもちろん擬似的なものであろうが、交接にもコプロラグニー（coprolagnia 嗜糞症）にも及んでいる。彼が娼婦たちをみな「由良子」と呼ぶこと、彼女たちから「珍しい変態性慾者」と見られていることも、彼女たちに会った映画監督は記していた。[20]

要するに青塚氏は、理想の女体を自身の感覚でリアルに味わうという擬似的にしかなしえない行為に夢中になっているのだが、彼は自分の想念の内に宿った女体こそ「不変の実体」であると考え、まるで仏が顕現するように、それが現実の世には影として、しかしバラバラに現れると思っている。[21] 想念の世界こそが実在であり、現実世界は仮象（影）にすぎないというイデアリズム（idealisms 理想論ないしは観念論哲学）が借りられているのだ。そして、映画監督は遺書の中で、青塚氏の倒錯した世界に自分が感染しそう

になっていると妻に告げている。妻も自分も影にすぎないのではないか、と。(22)

女体をパーツに分けることとは、女から人格を抜き、視覚的なオブジェに変じる通路だが、『痴人の愛』の譲治にとって、その通路は奈良の仏像より完璧な女体を想い描くことによって、「宗教的な感激」に向かっていた。「青塚氏の話」では、女体の断片化は、その断片があちこちの女たちの身体に散在しているという考えを媒介にして、不変性と遍在性をもつ「実体」観念への通路になっており、その観念が、理想の女体の幻視・幻覚にのめりこむ倒錯を生んでいるのである。

それにしても、青塚氏は映画監督が隠しておいた遺書の中にしか存在せず、映画監督が自身を投影した架空の人物ではないかと想われもする。青塚氏が「由良子」の肉体の各パーツをもつ娼婦たちを探し出したと語り、映画監督はそれぞれを確認して歩いたと遺書には記されているが、それは彼が、妻すなわち理想の女体の各パーツが遍在することを確かめるためにさまよったことを、裏返しに述べているのではないか。おそらくそれは、男というものはどんな女にも理想の女体のパーツを探してしまうということの隠喩であり、そうであるなら女体のパーツも、その映像も、あるいは青塚氏が戯れたゴム人形も、理想の女体をオブジェに転換した象徴といえそうだ。

映画監督の死は、結核に伴う性欲過剰の結果であるかのように冒頭にほのめかされているが、妻に宛てた遺書にさえ架空の人物に託すことによってしか明かせないほど、しかも、その遺書を密かに隠しておくほど、彼自身が過剰な変態幻想の世界へのめりこんでしまったために、生命力を蕩尽し、自壊したとも読めるだろう。青塚氏とは、映画監督自身のうちに育てていた欲望の化身を仮託した架空の人物ではなかったか。

そのように読むべきだというのではない。そのように読むこともできるという微妙なふくらみだが、そのような解釈の可能性を見逃すなら、この小説を読んだことにはならないとさえ思われる。そう感じるのは、この時期の谷崎潤一郎の作品群に、一人の人物が二人分の生活を生きる「友田と松永の話」（一九二六）など、分身や変身のテーマがしばしば顔を覗かせているからだ[23]。

それらのテーマも江戸川乱歩のいう「探偵趣味」にちがいない。乱歩は「一人二役」（一九二五）という軽い短編を書いてもいる。そして、最初期の「一枚の切符」（一九二三）の結末に、解いたはずの謎にも別の解法があるかもしれないということをほのめかしている。解きつくせない謎、解釈の可能性を残す書き方は、乱歩の常套手段だった。それは「陰獣」（一九二八）に至るまで変わりない[24]。

4—3 『痴人の愛』の映画技法

谷崎潤一郎が「人面疽」(一九一八) に映画技師を主人公として登場させ、映画劇「月の囁き」(一九二二) を試みたのち、映画会社の嘱託となり、「蛇性の淫」(一九二三) などのシナリオを執筆し、小説のうちに映画にまつわる諸要素を積極的に取り込み、新しい表現の開拓に臨んだことは、よく知られている。

谷崎潤一郎『痴人の愛』で、ナオミはメアリー・ピックフォードら当時人気のあった映画女優にたとえられていた。「青塚氏の話」ではフィルムが映し出される場面があった。これらは、明らかに映画(洋画) の視覚性が小説にもたらしたものといってよい。映画が男性作家たちに女性の肉体が喚起する視覚的エロティシズム(eroticism) への関心を駆り立てたことについては多くの証言がある。これらは小説の中に映画にまつわる事どもが登場する例だ。

それに対して、一九二〇年代から三〇年代に、小説の表現形式に映画の手法がかなり積極的に応用され、小説の視覚性に変化を生んだことも見逃せない。フランスの前衛詩人で、映像作家でもあったジャン・コクトー『大股びらき』(Jean Cocteau, *Le Grand Écart*, 1923)

の影を色濃く刻む堀辰雄「不器用な天使」（一九二九）に「クローズアップ」(close up) の語が多用されたり[25]、梶井基次郎の日記（一九二六）中に「フラッシュバック」という語が用いられたり[26]、作家たちが映画の表現技法を強く意識していたことを示す例は、いくらでもある。ここに引いた二例は明らかに映画の用語だが、映画と積極的に取り組んだ谷崎潤一郎や、映画を見て戦慄を覚えた江戸川乱歩は、語り手の話体を積極的に採用した作家だった。そういう彼らが、どのように映画の技法を採用したのか興味を引く。

ところが、小説の表現形式に映画の視覚性がもたらしたものについて論じるのは案外むつかしい。作家が明らかに映画の技法に影響を受けたと判断される場合でも、その表現技法は映画に特有のものではない場合がかなりあるからだ。そもそも小説は、人物の移動や動作、場面の切り替えなどに演劇の手法を積極的に取り入れてきた。そして、演劇は映画の演出の土台でもあった。フランスのルイ・フイヤード監督『ファントマ』(Louis Feuillade, *Fantômas*, 1913–14) シリーズなど、怪奇や幻想の世界をリアルに現出させるものとしても映画は大衆に迎えられたが、そこでも、観客に視える空間に俳優が出たり入ったりする演技が長まわしで撮られている。それは演劇の演出の基本に工夫を凝らしたものである。

さらには写真や映画が触発した物質の手触りを伝えるような描写法、ノイエ・ザハリヒカイト(Neue Sachlichkeit 新即物主義)は、たとえばレマルク『西部戦線異状なし』(Erich Maria Remarque, *Im Westen nichts Neues*, 1929)にも用いられており、それが翻訳されて流布したことも考えてみなければならない。

そこで、絵画や写真、演劇などと共通する手法は除外し、映画に固有の手法に限るとしよう。クローズアップやパンなどのカメラ操作、フラッシュバック、モンタージュ(27)などの編集手法である。しかし、実際は、それらについても検討を要する。

しばしば横光利一「蠅」(一九二三)における蠅のクローズアップが映画の影響の代表例のように語られてきた。それを否定するつもりはないが、クローズアップの歪んだ映像は、カメラでも、虫眼鏡の静止図像によっても、いや、虫眼鏡とも関係なく文章上にもたらされる。「目を凝らすと、蠅はしきりに脚をすりあわせていた」「やがて馬は首を下げて草を食みはじめた。草には細かな火山灰が付着していた」など、文章は元来、時間の推移や視点の移動を容易に伝えうるからだ。それゆえ、カメラが発明されるはるか以前、『源氏物語』中に語り手の歩行につれて建物の内部の光景が次つぎに展開してゆく一節が登場したり、時間の推移につれて情景が変化するさまを意識的に描こうとした国木田独歩『武蔵野』(一九〇一)には、その逆にまるで移動式カメラないしは肩カメラの移動に伴うような動きのある描写が登場する。(28)実際のところは、人間の視覚に起こることを映画が擬似的に再現しようと様ざまな技法を開拓してきたのである。フラッシュバックにしても、脳裏に突然、記憶が蘇る現象を映画に用いたものにすぎない。それゆえ、これは映画の技法の応用と特定できない場合も多い。

そこで、カット割りという映画に特有の画面転換の技法に着目しよう。それは人間の視線の移動の擬似的な再現ともいえるが、視線の移動に際して、人間が目をつぶったり、閉じたりするわけではない。逆に、生身の人間が目をつぶった時間、映画は暗黒のシーンを映しつづけるわけではない。演劇では、場面転換にはふつう時間がかかるし、また一シーンのうちに占める人物の顔や身体部位の大きさが調節できるわけでもない。(29)

谷崎潤一郎『痴人の愛』は、全体が譲治の一人称「私」の回想として「です、ます」体で語られるが、そのなかで、語り手が過去のある時点に戻り、その場面をまざまざと展開するところがしばしばあり、そこに映画のカット割りを想わせるシーンの切り替えが用いられている。一例として第三章の後半、ナオミを恋しくなった譲治が郷里から東京の家に帰ってきた場面をあげておこう。

家の外での譲治と内のナオミとのやりとりにつづいて、「彼女は私を格子の外へ待たして置いて、やがて小さな風呂敷包を提げながら出てきました」とある。これを物語全体の語り手による客観描写と考え、家から出てきたナオミの姿をとらえる視線を物語中の譲治のものとして考えるなら、そのあとのナオミの服装の説明は、久し振りに目の前に現れたナオミの姿を眺める譲治の目に映ったものとなる。そして、タクシーの中にシーンが移る。夜の都会を走るタクシーの中の会話を主とした場面は、舞台にのせるには向かないが、映画なら容易である。ここをカット割りしてみよう。便宜のために各カットに番号をふる。

①タクシーを降りた譲治、玄関先からナオミに声をかけ、外で待つ。
②ナオミ出てくる。その服装。(ここから譲治の視線)
③走り出すタクシーの中での二人の会話。
④タクシーの窓から見える都会の夜景。
　ふたりの会話。
⑤ナオミの着物の胸元、大写し。

⑥（都会の夜景）しばらくして、会話。
⑦遠方を見る目つきのナオミの顔。
会話。
ナオミ、こちらを向いて、風になぶられるリボンを見せる。
会話。
ナオミ、鼻先をしゃくって笑う。(30)

途中、⑥（都会の夜景）は、小説の文章にはないもので、映画を想像して挟んでおいた。読者は、この場面から、映画の連続したシーンを想い浮かべ、直接、書きこまれていない夜景が流れてゆくところまで想像しながら、読み進めてゆく。つまり、ここでは、文章の運びが、読者の想像上のシーンの切り替えを一定程度規定する働きをもっているといえるだろう。

このような書き方は『痴人の愛』のそこここに見られる。とはいっても、この一連の場面でも、途中に何度か譲治の短い感想が入っている。その叙述が少ないために、ここはカット割りして示すことが容易になっているが、映像にしにくい事情説明や心理の説明が頻繁に挿入されるところでは、このような構成は目立たない。しかし、事情説明などは、別のシーンを加えたり、会話に状況説明的な要素を加えたり、映像にかぶせてナレーションを流したりすることで、問題は解決するので、映画化に不向きというわけではない。

5　『闇に蠢く』の視覚性

江戸川乱歩も、女体をパーツに分けて観賞する趣味を書いている。「闇に蠢く」で、洋画家、三郎について、語り手は「世間の人のようには異性の容貌に心を惹かれることはなかった」とし、「ある小説家は美人の素足を崇拝したが、彼は、足はもちろんのこと、首にも、腕にも、胸にも、背中にも、尻にも、太腿にも、からだのあらゆる部分に、容貌以上の美を見出すことができた」と述べている[31]。「ある小説家」とは、もちろん谷崎潤一郎のことだ。

その洋画家が「半生のあいだも夢想していた、理想の女[32]」にめぐりあう。彼女は「いわゆる美人に属する女」ではないが、全身に「特殊の美しさ」をもつ踊り子お蝶である[33]。

その美しさが菩薩像にたとえられていることは先にふれた。

乱歩の場合、映画のカット割りの技法は借りられているだろうか。「闇に蠢く」の第二章、三郎がお蝶の全裸の肢体の動きをスケッチしようとしている場面。視覚性が強いことはいうまでもない。「今もいう通り、それは桃色の春のある一日のことであった[34]」とはじまるパラグラフ。

おもちゃ箱をひっくりかえしたように、様ざまな物が雑然と置かれたアトリエ。真っ赤なジュウタンの上で、裸体のお蝶が様ざまな泳法を見せながら水泳の真似をする。それを三郎が長椅子の上に立ち、スケッチをしようと構えながら、彼女に声をかけ、会話がはさまる。このシーンが長くつづく。

三郎はお蝶の筋肉の動きが瞬間の美を見せるところをスケッチしようと狙っているので、途中、女体の筋肉の美しい動きをクローズアップし、次にそれを視て、スケッチブックに鉛筆を走らせる三郎に焦点をあわせるカメラワークが考えられる。しかし、ここは語り手の客観的な描写で、三郎の視線ではないので、先の『痴人の愛』の引用部のように、視線の切り替えがない。つまり、それぞれのカットのカメラワークを指定するかのような文章は現れない。いいかえると、読みながら読者の脳裏に浮かぶ映像は、文章から限定されない。文章どおりにカメラを動かすなら、途中、クローズアップが入ったとしても、カメラは一瞬、お蝶の体に寄るだけで、また引き、あるいは引かずに、パンしてスケッチする三郎を撮ればよい。長まわしでよい。三郎をアップにするかどうか、カットして、スケッチブックを覗くかどうかも自由なのだ。

しかし、文章には、その途中に、その光景についての語り手の感想が挿入されるなどして、絶えず切り替えが起こる。「それにしても、彼らは、どうしてまあ、こんなばかげたまねをしはじめたものであろう」とはじまるパラグラフや、「この不思議な遊戯は、お蝶の遊泳に巧みだという話から、ふと思いつかれたものではあるが」という説明句が挿入される。そしてさらに「それにしても、お蝶は実際不思議な泳ぎ手であった」以下、お蝶の泳ぎについての語り手の感想を伝える一パラグラフがまた挟まる(35)。このように同一場面の光景描写のあいだに三カ所、語り手の語りが入っている。

原文の流れを尊重して映画化するなら、語り手の感想の部分は消してしまうか、ナレーションで処理するしかない。「この不思議な遊戯は」以下の説明句を映像にするには、お蝶が「遊泳に巧みだ」と語る別の場面をつくって、フラッシュバックしなくてはならない。

「闇に蠢く」第四章では、第三者の語り手の客観描写や事情説明のあいだに、三郎の立場からの情景描写(36)がはさまれる。三郎が山奥の温泉旅館の浴場に向かう途中、薄暗い廊下で鏡に映った自身の幻影におびえ、また幽霊のような怪しい女の姿を見かけるが、それらは三郎の視点から情景描写される。そして三郎の心理について語り手が説明をつけるという運びである。浴場の覗きの場面では、情景描写と三郎の語りとなる。

語り手は別の人物の立場にも、しばしば移行する。が、それらはほんの数行、「誰誰は三郎が寂しそうで心配だった」のような語りに終わり、その人物の視点からの情景描写は行われない。

「闇に蠢く」の一〇章までは、大雑把にいえば、三郎とお蝶の生活について、第三者の語り手による説明と客観描写にはじまり、次第に三郎の視点からの情景描写と心理の説明に移行してゆく構成である。三郎が鏡に映る自分の影に怯えたり、幽霊のような怪しい女の姿を見かけて、一瞬、不安になったりすることが三郎の視点での情景描写と語り手の心理説明で組み立てられるのは、次の覗きの場面で、読者を三郎の視点に誘いこみ、想像をかきたてさせるための措置である。覗きの場面では、視界が限定され、お蝶の肉体のパーツしか見えないからこそ、無理な姿態をとらされている裸身の全体に彼の想像がかきたてられることが示される。それは、三郎がお蝶の全身の美しさに魅了されていることと符合している。そして、覗きの前に、三郎がかすかな不安を覚えるのは、お蝶が失踪したのちに彼が不安に陥る予兆の役割も果たしている。

ただし、一一章では、ふたたび語り手の客観的な語りに切り替わる。新たな視点人物が登場し、小説は別の進行に移る。その先では、さらに別の視点人物も登場する。全体は、お蝶失踪の謎をめぐって、複数の視点人物が登場する多面体の小説が企てられているといえばわかりやすいだろう。

総じていえば、この小説では、視覚性の強い場面でも、語り手の視線の切り替えが頻繁に行われることはない。語り手が登場人物の立場に移行し、その人物の視点から情景描写が行われるのは、心理説明が必要なときに限られている。したがってカット割りの技法は、谷崎潤一郎ほどにも導入されていないといえよう。

6 『盲獣』――オブジェとしてのオブジェ

乱歩は、やがて女体をパーツに分けて観賞する趣味から、視覚性を剥奪し、盲人が触覚を楽しむための対象に置き換える。長篇「盲獣」(一九三一～三二)である。

乱歩の小説に登場する五官の感覚のうち、視覚以外には触覚が際立っているように感じられるのは、「人間椅子」（一九二五）の印象が強いからだろう。谷崎潤一郎では嗅覚の記憶が残るが、「盲目物語」（一九三一年九月）では、その題名に示されるとおり、谷崎も盲人の世界に挑戦している。ただし、「盲獣」は一九三一年一月に『朝日』に連載開始されており（三二年三月まで）、その点では乱歩が半年以上先行している。そして、乱歩も「盲獣」には匂いを漂わせている。

「盲獣」の初めの方に登場する、盲人がつくった地下室は、女体のパーツの彫刻を乳房ばかり、腕ばかり、足ばかり数知れず集めて植えつけた壁と巨大な女体の背中を想わせる床をもち、それらがみな、なまなましい触感をそなえているとされる。そして、そこには女体の匂いさえ漂っている。盲人が楽しむためにしつらえた部屋だからだ。

いや、乱歩は、感覚の具体性において、読者の身内に戦慄を呼ぶためには、音も味をも、要するに五感の感覚を利用する作家だ。「盲獣」にも、湯殿で盲人の手に身をゆだねる女体を三人の「未亡人」たちが覗き見する場面がある。その「裸女虐殺」の章では、覗き穴の向こうで女体そっくりのゴム人形が盲人に虐殺される場面が繰りひろげられる。次の章「芋虫ゴロゴロ」の最後の方、そのゴム人形のモデルになった女性が微動だにせず、「未亡人」のひとりが、そのからだが冷えきっていることに気づき、その肩を押すと、彼女は床に転がってしまう。なんと「ポンポンと二度弾んだではないか[37]」とあり、念を押すようにゴムの匂いまでが書かれている。

主人公の盲人は、最後に触覚藝術なるものを創作する。それは一種の彫刻で、そのかたちは「一体にして三つの顔、四本の手、三本の足をそなえて」おり、顔には「六つの眼と三つの鼻、口を具え」、四本の腕はてんでの仕草をし、「異様に広い胸には（中略）大小不揃いな乳房が、ふくれ上がって」いて、「お尻のふくらみは三つに分れ、そのあいだには二つの深い谷間ができていた。そして、足が三本、或るものは曲り、或るものは伸び、あるものは立て膝の不行儀な形で、よじれ合っていた[38]」。

この形状、すなわち、その視覚性はシュルレアリストのハンス・ベルメール（Hans Bellmer, 1902–75）の人形を連想させる。が、これは七つの女体から触覚の美を極めた部位を切り離し、組み合わせて四臂三脚の裸女の像にしつらえたものだった。

たしかに触覚藝術というアイデアは面白い。そして、読者は、この小説で触覚の世界をさまよう未知の経験をすることになるはずなのだが、しかし、触覚の戦慄はついに訪れない。この小説には、盲人の巧みなマッサージに悶え、身を捩る女体や、バラバラ死体、なまなましい女体の触覚をそなえたゴム人形や、血の池に浮かぶバラバラ死体などが登場し、盲人が殺人淫楽にひたる場面もあった。「エロ・グロ」のオンパレードといってよい。だが、どのシーンもエロティックでもなければ、グロテスクでもない。異様な事実が単なる事実として開陳されているにすぎない。気色の悪さばかり感じるか、さもなければ何も感じないほどである。

理由は、女の肉体とゴムの人形が入れ替わるトリックが象徴するように、そして、すべての感情を失った殺人鬼にとってそうであるように、肉もゴムもまったく等価な物体として扱われているからだ。それゆえ、魅力的と形容されている生身の女の体も、単なるゴム人形のようにしか思えなくなってしまう。いったい、この小説では何が起こっているのか。そもそも女体のパーツを触覚の対象にするということに、どんな意味が潜んでいるのだろうか。視覚は、常に一瞬のうちに全体像をとらえる。それゆえ、「闇に蠢く」で三郎が覗き見した場面のように、遮られ、限定された視覚は全容を求めて、想像力を発動させる。それに対して、掌の触覚は対象の全体像を一挙にとらえることはない。触感においては、対象の全体の把握には一定の長さの時間を要する。両の掌を移動させ、たとえばひとつの壺の全容をとらえることはできるし、そこに快美が生じることもあろう。触れて味わいなれた壺が欠けるなど、触感の連続性が途切れれば不快を感じ、全容の回復を願うにちがいないが、その全容とは触感の記憶のうちにしかない。はじめての壺を愛でる掌は、いつ、傷に触れてしまうかもしれないのだ。

その点で、視覚が遮られて全体の見えないもどかしさとはちがう。全容を見たいという希求は、まったく見知らぬものであっても起こる。いや、まったく見知らぬもの、その全容の想像もつかないような場合の方が全体を見たいという希求は強いかもしれない。それに対して瞬時の感触は、対象の部分に限定されており、一挙に味わいうる対象の触覚の全容などというものは、そもそもないのだ。温泉にひたる快美感なら、感じる主体は一挙に全身で快感を覚えることになろうが、温泉全体の触感などというものは想定できない。その意味で触覚の美は、本質的に対象のパーツの快感であり、そして、触覚の対象は物質感である。触感にとってパーツは、パーツであることによって完全なオブジェ(対象)であり、同時にそれはオブジェ(物体)なのだ。

それゆえ、触感の快楽においては、対象の全体像に本質的な意味はない。「盲獣」の地下室の壁に、おびただしい数の乳房の塑像が並べられていたのは、幾十、幾百の異なる女の乳房に次から次に触れる感触を味わいたいという異様な欲望を擬似的に実現するためのものだ。その便宜のために、ふたつの乳房ごとに一体の人形をしつらえる必要はない。触覚の欲望は必ずしも女体の全体を希求しない。

だが、小説は触覚の王国ではない。読者の想像力は、幾百の乳房に触れてみる前に、その女体から切り離されたパーツが幾十、幾百と並ぶ光景を視てしまう。しかし、ここでは視覚の想像力は、そこに並ぶパーツのひとつひとつに、それが剝ぎとられる前の全体像を回復したいという欲望は生じない。無数のオブジェとしてのオブジェを見るだけなのだ。

ストーリーは語り手による客観的事実の報告によって運ばれる。その事実の多くは、語り手の視覚性において示される。読者の想像力は盲人の触覚の王国に入りこむことなく、言い換えると、どれほど異様なものであったとしても、盲人の触覚においてはそれなりの価値を帯びていることどもでも、その価値を想像することなく、したがって単なるオブジェとしてのオブジェが次から次へと開陳されるのに立ちあうことになる。それらの視覚性には品位のかけらもない。嫌悪をもよおすか、そうでなければ、等価な、したがって無意味な物体を眺めているにすぎないような空虚な気分にさせられるのだ。

そして、ここには「押絵と旅する男」の冒頭で蜃気楼にふれてから、覗きカラクリが登場するような重ねあわせの効果も、「闇に蠢く」に見られるような語り手の立場の移行もない。最後に盲人は自殺するが、それには理由も意味もない。過剰な変態性欲者は自己崩壊を遂げなければならないという不文律が形だけ踏襲されているか、あるいは、藝術家は死してその作品を残すという藝術論の形骸だけが示されているにすぎない。

初出時には、触覚藝術が登場する直前に「鎌倉ハム大安売り」という章があった。作者自身が吐き気をもよおすほどなので、削除し、前後を訂正したと桃源社版乱歩全集（一九六二）の「あとがき」にあるという[39]。

なぜ、それほどまでに俗悪極まるものを、当時の乱歩は書いたのか。そして、なぜ、わたしはここで、これほどまでに視覚性の失調に陥った作品をとりあげたのか。当時の「エロ・グロ」と「ナンセンス」の関係について再考してみたいからにほかならない。

7 エロ・グロとナンセンスの関係

これまで「エロ・グロ」と「ナンセンス」の関係がまともに取り上げられたことはない。一九二〇年代後半から一九三〇年代前半にかけての日本の大衆文化を「エロ・グロ・

ナンセンス」と一括する習慣が長くつづいてきたからだ。ふつう一括されているものについて、その内部の相互関係は問われない。

しかし、「エロ・グロ」と「ナンセンス」は、当時は、まずは別物だった[40]。それを一括する習慣が顕著になるのは、実は第二次大戦後のことである。真面目な左翼ないしは進歩的文化人たちが、「エロ・グロ」も「ナンセンス」も、くだらないものとして一括してしまったのである。「エロ・グロ」にも軍国主義に向かう世の中に対する抵抗の契機があるのではないかと指摘したのは、竹内好くらいだった。それゆえ、誰も「エロ・グロ」と「ナンセンス」の関係など考えてもみなかったというわけだ。

フェティシズム(fetishism)を伴うエロティシズム(eroticism)やグロテスクリィ(grotesquery)、またファンタジー(fantasy)やミステリーへの傾斜は、一九二〇年代後半からの時期に特有のものではない。それは日露戦争後に顕著になるもので、大正期文芸のいたるところに満ちている。そして、それは必ずしも映画の影響や変態心理への関心に環元できるものではない。

いま、その背景、というより根方に着目してみる。それは、たとえば木下杢太郎「春朝」(一九一二)に明らかだろう。

雨の降る春の朝、
にがい酸《すっ》ぱい生の味、
解脱もならぬ苦しさは、
どうせままよと、巻きかかるふてくされたる幻影の
かの波頭、ビヤズレエ、ギユスタヴモロオ、我国は
鶴屋南北、喜多川の
痛ましくも美しきその妖艶の神のすむ
海の底へと祈願する(41)。

ここにはモノトーンの線描画で知られるイギリスのビアズリー(Aubrey Vincent Beardsley, 1872–98)、先に紹介したフランス象徴主義絵画の巨匠、モロー、そして徳川後期の歌舞伎作者、四世鶴屋南北(一七五五〜一八二九)、浮世絵師の喜多川歌麿(一七五三〜一八〇六)があげられている。いずれも怪奇妖艶な美術や演劇の作者である。

そして、かれらの作品は、ここにいう「にがい酸ぱい生の味」から、詩人を「ふてく

されたる幻影」の世界へ連れ出してくれるものにほかならない。「にがい酸ぱい生の味」とは、近代都市生活にまといつく倦怠感のことである。

かなりのちのことだが、江戸川乱歩「赤い部屋」(一九二五)の主人公、法律にふれない完全犯罪の方法を次つぎに考えだしては実行に移している彼は、明確に述べている。

私という人間は、不思議なほどこの世の中がつまらないのです。生きているということが、もうもう退屈で退屈でしようがないのです(42)。

日露戦争後、民衆は暴動の季節を迎え、経済闘争が激化し、階級社会観がひろまり、普通選挙法の実現へむけての政治運動が高まり、政党政治が実現する。いわゆる大正デモクラシーの波である。だが他方、日露戦争後には国家的緊張がゆるみ、大逆事件に幻滅した知識人のあいだに何とはなしの倦怠感がひろがっていったことも否めない。そして、この倦怠感は学生のあいだにもおよぶ。彼らが一九二〇年ころから、次第に政治や宗教活動にのめりこんでゆく裏側にも倦怠感が張りついていたと見てよいだろう。そのような大きな使命感を除けば、この倦怠感を埋めあわせてくれるのは知的な好奇心や、さもなければ、自身を日常の「にがい酸ぱい生の味」や「生命の苦痛」に満ちた世界から別世界にさらってくれる陶酔感のほかはない[43]。

これが江戸川乱歩『探偵小説四十年』(一九六二)が語るように、谷崎潤一郎、佐藤春夫、芥川龍之介、宇野浩二(一八九一～一九六一)らが探偵趣味あふれる小説を書いていたことの精神的な背景である。陶酔を求める欲望は再生産され、刺戟は更新されて過剰に陥る。谷崎潤一郎ひとりをとって見ても、サドマゾヒズムやフェティシズムや同性愛、「人魚の嘆き」(一九一七)のエロティック・ファンタジー、また「人面疽」に出てくる人の顔をした腫瘍のグロテスクリィを展開している。さすがに谷崎潤一郎はカニバリズム(cannibalism人肉嗜食)までは書いていないが、天才画家とうたわれ、短歌にも活躍した村山槐多には「悪魔の舌」(『槐多の歌へる—その後』一九二一所収)という小説がある。乱歩には「闇に蠢く」があった。いわばこれらのすべてが江戸川乱歩に引きつがれている。それゆえ、乱歩が「エロ・グロ」を代表する作家のように扱われてきたわけだ[44]。

ナンセンスの方は、まずは、バスター・キートン(Buster Keaton,1895–1966)が演じる"slapsticks"をはじめとするアメリカの喜劇映画に代表されると考えてよい。束の間の笑いに、世の憂さを忘れさせてくれるものとして、大衆に好まれた。そして、雑誌『新青年』のパーティー・ジョーク欄などから、ナンセンス・コントがジャーナリズムにあふれだしてゆく。この流行は一九三七年夏、日中戦争が本格化し、一挙に戦時ムードが高まるときまでつづく。

『新青年』がナンセンスの代名詞のようにいわれたとき、乱歩は、探偵小説の論理性や藝術性にかけていたので、ナンセンスを嫌悪し、背を向けた。しかし、乱歩は必ずしも滑稽味を厭う作家ではなかった。というより、滑稽味には敏感な作家だった。探偵小説のデビュー作、「二銭銅貨」(一九二三)でも、謎解きが終わったのちに「極めて些細な、少し滑稽味を帯びた、ひとつの点[45]」に気をくばっている。このクダリは、贋札の包みが印刷屋の片隅に誰にも気づかれずに、見過ごされていたという事実が、作家に都合よすぎるので、この探偵小説の欠点になっていると読者に指摘させないために、先まわりして予め書いてあるのだ。こんなふうに乱歩のいう滑稽味は、迂闊で間の抜けたことをいうことが多い。

それに対して、愚劣な行為には「ばかげた」が用いられる。すでに引用したところでは「闇に蠢く」の中で、お蝶がアトリエの絨毯の上で遊泳の真似をする場面に「それにしても、彼らは、どうしてまあ、こんなばかげたまねをしはじめたものであろう」とあった。

そして、「盲獣」の中に、レビューの女優のバラバラ死体の各パーツがあまりに意外なところで発見されることを報じる新聞に、読者が笑い出すことを書いた一節がある。

あんまり荒唐無稽で、かえって滑稽に感じられたからだ。[46]

この滑稽味は、間の抜けたことでも愚劣な行為が呼びおこす感情でもない。乱歩は「盲獣」で、そんな滑稽味を狙っていたのではないか。「盲獣」の「エロ・グロ」のオンパレード、オブジェとしてのオブジェの氾濫は、「あんまり荒唐無稽で、かえって滑稽に感じられる」ような読み味を狙ったものだったといえるのではないか。

情痴も臨界点を超えれば「あんまり荒唐無稽で」、ナンセンスに突き抜けてしまう。谷崎潤一郎「青塚氏の話」で、映画監督の遺書の中に示された青塚氏の痴態は、まったくナンセンスではないか。

かつて、「かにかくに祇園はこひし寝るときも枕の下を水のながるる」など、吉井勇の歌集『酒ほがひ』(一九一〇)は耽美頽唐、酒と情痴の世界を流麗な調子でうたうと称されてきた。しかし、そこには、どす黒いほどの自嘲がはりついていた。はりついているからこそ流麗に流麗にとうたわなくてはならなかったと想ってみるべきだろう。「われと堕ちおのれと耽り楽欲の巷を出ぬ子となりしかな」「すてばちの身をたはれ女の前に投ぐわが世のすべて終わりたるごと[47]」。

この自嘲は大正期「私小説」の主流、「情痴小説」などと呼ばれた作品群にセルフパロディとなって現れていた。その捨て鉢の極みが質屋の蔵の中に我が身まで預けてしまうほどのぐうたらぶりを示す宇野浩二「蔵の中」(一九一九)であるともいえる。セルフパロディも過剰すぎれば、ナンセンスに突き抜ける。

谷崎潤一郎も最初期の「幇間」(一九一一)などにはセルフパロディを見せているが、変態性欲へののめり込みを題材とする作品群においては、語り手自身の自嘲がそれとして語られることは少ない。多くの場合、小説のストーリーを語り手の敗北や破滅に運ぶことによって、その愚かさを示す方法がとられる。

それは最初期の「刺青」では、支配と被支配の逆転、サドマゾヒズムの交代として示されていた。が、「刺青」の場合、それは『愚』と云ふ貴い徳[48]」が活きていた時代のことと されており、日露戦争後、人びとが生存競争に追いまくられるようになった世相にたいする批判の意味をもっていた。しかし、『痴人の愛』の譲治が、いかにナオミの裸体のパーツに宗教的感激を覚えようと、「青塚氏の話」の青塚氏が理想の女体を不変性と普遍性をそなえた神に似た観念として語ろうと、それらは『愚』と云ふ貴い徳」に属するものとはいえはすまい。むしろ、過剰なほどの意味付与として、ナンセンスの方に通路を開いている。

そのようなしくみも江戸川乱歩の作品はそなえている。「押絵と旅する男」の逆転については、先に述べておいた。押絵の女はいつまでも若さと美しさを失わないのに、その女に見つめられる男は齢を重ね、年齢の差はひらいてゆくばかり。女への懸想が深ければ深いだけ、男の哀れは極まりない。が、もし、その男が兄ではなく、押絵を持ち運ぶ男の分身だったと仮定するなら、突き放してみれば、いい年をして押絵の人形を大事に持ち歩く男も、人形と年の差がひらくばかりという嘆きも、ばかばかしいにもほどがあるというもの。度はずれたばかばかしさをナンセンスという。

これら倒錯者の悲劇におわる結末は「反道徳的な行いは必ず報いを受ける」という道徳律を表向きだけ遵守しているかのようにも見える。乱歩が「盲獣」で、盲人を最後に自殺させたのは、さして必然性もなく、その気味が多分に感じられる。しかし、ふつうは見過ごすような自分の作品の些細な欠点を埋めあわせずにはおかないほど、また、みごとに解いたはずの謎にも、絶えず別の解法があるかもしれないということを、ほかならぬ謎解き探偵小説の最後に、ほのめかさなくてはいられないほど律儀で凝り性の作家が、構成の工夫もなく、ただただ「エロ・グロ」を、オブジェとしてのオブジェをまき散らすだけまき散らしたあげくに、型どおりにおさめてしまうのは投げやりともいうべきで、本人のつもりでは「あんまり荒唐無稽で、かえって滑稽に感じられる」ような調子を狙った展開にあわせた結末だったのかもしれない。

いや、謎について別の解釈を残すような乱歩の態度は律儀というだけではない。乱歩においては、それほどまでに人間の認識というものが相対化されていた。それは、あたかも「真相は藪の中」という命題に小説のかたちを与えるかのような芥川龍之介「藪の中」(一九二二)に、すでに示されていたものを、乱歩がひきついだものといえるかもしれない。そして、相対主義も過剰に突き進めば、この身もこの世も不条理という観念、すなわちナンセンスへと突き抜けるしかない。

ただし、乱歩には、過剰な相対主義を、この世は多次元世界のうちの一次元にすぎないという観念にまで更新させていたふしもある。「うつし世はゆめ　よるの夢こそ　まこと」ということばも、わたしには本気で書いたとは思えない。「よるの夢もまたゆめ

夢の中の夢こそ　そのまた夢こそ　まこと」でもよかったはずなのだ。

8　映画的視覚性のゆくえ

一九二〇年代からのナンセンスの流行には、もうひとつの相がある。ドイツ表現主義の映画『カリガリ博士』(Robert Wiene, *DasKabinett des Dr. Caligari*, 1919, 日本公開一九二一）などに代表される、存在の不安と自我の壊乱と混沌、そして崩壊の開示。夢野久作『ドグラ・マグラ』(一九三五）の精神病棟が『カリガリ博士』から借りられていることも明らかだ。

さらにはダダ。既成の価値観の全き転倒。再三指摘してきたことだが、文藝のナンセンスには、既成の価値観を脱臼させる、すなわち日常秩序に対する反逆の意味をもつものも少なくなかった。隠喩を駆使した文体で、「新感覚派」という名称が与えられたきっかけになった横光利一「頭ならびに腹」(一九二三）は、列車事故でパニック状態に陥った群衆をよそに鼻歌を歌いつづける白痴の少年が、最後にはいわば勝者の位置におさまることを書いたものだったし、梶井基次郎「檸檬」は、ありふれた一個のレモンが、この世の「総ての善いもの、美しいもの」に匹敵すると感じた、その価値観の倒錯した瞬間を、五官のそれぞれの状態を組み合わせ再構成してみせるものだった。

文藝のナンセンスには視覚性から遠ざかり、饒舌なおしゃべりにかける傾向もみえる。横光利一「機械」（一九三〇）は、メッキ工場に勤める男が化学物質に神経を冒され、同じ工場の工員と"slapsticks"さながらに格闘を演じたり、殺人を犯したかどうかさえあいまいになったりするほどの意識の状態を、さながら内側からなぞる文体を創出した。ナンセンスの極みともいうべき、坂口安吾「風博士(49)」（一九三一）は地口によるところが大きい。

実際のところ、劇映画が盛んになるにつれて、作家たちは描写の真迫力では、小説は映画にとてもかなわないと感じていた。実景でも幻想でも、そのことに変わりはない。乱歩が「盲獣」で触覚藝術などということを考えだしたのも、五官の感覚への関心も強かったにちがいないが、穿っていえば、映画への対抗という気持が働いていたかもしれない。

そして、一九三六年、高見順は「描写の後に寝てゐられない」と宣言する。彼が転向左翼の「胸のもだもだ」、自我の壊乱を一気に吐き出す饒舌体を駆使しはじめた背後にも、映画の描写の力がひたひたと迫っていたと考えてよい。

しかし、まるで喋るように書くことは、この時期、単に饒舌な話体で書くことを超えてしまう。次つぎに書きつけることばを対象化し、そのように語る己れ自身のみならず、その語り口そのものについて語る、すなわち語り手が自身の語りについて語る「語りの自己言及」――落語などの伝統話芸が舞台まわしに用い、戯作では草紙地の一種として為永春水らが用いていた――によって、小説を展開させてゆくスタイルが生みだされていた。それはまるで、小説が己れ自身を生成してゆくかのような外観をとる。太宰治「道化の華」(一九三五年五月)、石川淳「佳人」(同年一〇月)。

大江春泥という名前を与えた探偵小説作家の作品として、乱歩自らの作品を作中にちりばめ、己れの過去を総括するような自己言及によって、トリッキィな言葉の世界が編みだされてゆく点で、「陰獣」は、それを先取りしていたといえるかもしれない。

江戸川乱歩の小説表現は、たしかに読者に衝撃を与える刺戟のつよい視覚性をもつが、それは刺戟の強い材料や行為が繰りひろげられることによっており、望遠鏡や覗きカラクリや蜃気楼の不思議や、鏡や縦縞やトロンプルイユなどの錯視のトリックも、大小の題材として織り込まれていたのだった。その文体は、「語り体」が多く、そこに第三者の語り手の客観描写や登場人物の視点による情景描写などを組み合わせるもので、映画に特有の技法などは思いのほか導入されていなかった。その視覚性と関連する限りで、

「闇に蠢く」の語りの視点についてほんの少しふれたが、実のところ、乱歩は材料と「語り」の方法にこそ工夫を凝らす作家だった。

谷崎潤一郎は、古びたような写真、幾枚もの女体パーツの写真、映画などの視覚性を題材として用い、そして、文章の運びには、カット割りの技法をまぎれこますようにして用いていた。

それゆえ、結論は次のようになろう。そもそも小説は、インクの染み（その視覚性もあるが、本稿では省略した）として物質化された言葉から、読者が想像する幻想の世界である。その世界における視覚性は五官の感覚に訴えるリアリズムのひとつであり、他の感覚性との比較も必要になる。江戸川乱歩は、読者に恐怖心などを引き起こすためには、五官の具体性を駆使する作家であり、刺戟の強さは視覚に限らない。そして、小説の世界における視覚性は、描かれる対象の持つ視覚性（登場人物間の会話などにも読者の視覚に訴える表現が現れることはいうまでもない）と、書き方における視覚性とに分けて考えなくてはならない。その対象は、肉眼で視える現実（光景、物体や人体）と想像や幻影とに分けられるが、そのどちらにも視覚的表現（絵画や彫刻、写真や映画）が登場しうるし、それはリアリティとイリュージョンの交叉するところであった。乱歩の作品にしばしば登場するレンズ仕掛けの器具は、「押絵と旅する男」における望遠鏡と覗きカラクリのように、その交叉を巧みに用いるトリックが際立っている。「押絵と旅する男」の男が語る、男の兄が懸想した望遠鏡の中の女人は、兄が見た感情をともなう情景ではあるが、読者には男がその女に懸想したことは、客観的事実―もちろん物語のなかの―として受けとられる。しかし、その男が望遠鏡の中の兄の像を押絵の中に封じ込めたと語り、その兄を活きていると感じているのは、彼の常に見る情景であるが、読者にとっては彼の幻想にすぎない。それでも、そのような錯覚もありうると思わせるところに覗きカラクリの錯視が用いられているのである。

他方、小説の書かれ方においては、ひとまず、現実を現実として書く場合と、幻想を幻想として書く場合とにわけられるが、そのどちらにも真迫力を出すためには感覚のリアリティーが必要とされる。もちろん、読者には現実と思わせておいて、実は幻想だったとひっくり返すことも、その逆も小説構成上のトリックとして用いられる。乱歩「盲獣」における三人の未亡人が覗き見をし、盲人がゴム人形を虐殺する現場を目撃し、しかし、実際は人間が虐殺されたのだったと明かすトリックは、これに似ている。

また、現実と幻想のどちらにも、語り手による客観的光景として展開される場合と、語り手が登場人物の立場に立って、彼ないしは彼女の視る情景を展開する場合がある。この語り手の立場の転換に映画のカット割りの技法がかかわるが、乱歩においては、一人称の語り体を駆使する割には、これはあまり見られない。一人称の語り手のトリックは「陰獣」に二重、三重に活用されるが、視覚性を論じる本稿の主題から外れる。

要するに、小説表現における視覚性は、とりわけ「語り」の方法に意識的な作家のそれは、絵画、写真、幻燈、映画などの様ざまな映像やその表現技法を取り込むことによって豊かさを増す。しかし、それは多彩な言語技法にとりまぜつつ、自在に駆使される。それゆえ、その研究には、様ざまな映像表現とその技法のみならず、それらと言語表現技法の様ざまが、いかに組み合わせられているかを分析することが不可欠となる。

語りが自らの語りに言及することで小説を運ぶ饒舌体を駆使した作家についても、その表現の視覚性について述べるなら、映画の技法とは決して無縁ではないシーンを描くことがある。が、それも映画的技法に特定できるとは限らない。最後に、その一例を示して筆をおくことにする。

石川淳が敗戦後の闇市を活写した「焼跡のイエス」（一九四六）の冒頭より第二パラグラフを引く。ここでは、比喩として用いられた蠅が「ほんものの蠅」を呼び出し、その蠅を追う視線の先に握り飯が現れ（その蠅を追ってカメラはパンして握り飯を映し）、その視線（映像）は、若い女の肉づきのよい肢体へと移ってゆく。つまり、語り手の欲望の移り行きを露骨に示すことばの運動を、カメラの動きになぞらえて示してみることもできないことはないというくらいのことだ。なお、ここに登場するおむすびの「白米」はアメリカ軍占領下に非合法で流通した闇米のことである。

あやしげなトタン板の上にちと目もとの赤くなつた鰯をのせてぢゆうぢゆうと焼く、そのいやな油の、胸のわるくなるにほひがいつそ露骨に食欲をあふり立てるかと見えて、うすよごれのした人間が蠅のやうにたかつてゐる屋台には、ほんものの蠅はかへつて火のあつさをおそれてか、遠巻きにうなるだけでぢかには寄つて来ず、魚の油と人間の汗との悪臭が流れて行く風下の、となりの屋台のはうへ飛んで行き、そこにむき出しに置いてある黒い丸いものの上に、むらむらと、まつくろにかたまつて止まつてゐた。

その屋台にはちよつと客がとぎれたていで、売手のほかにはたれもゐなかつた。蠅がたかつてゐる黒い丸いものはなにか、外からちらと見たのでは何とも知れぬ恰好のものであつたが、「さあ、焚きたての、あつたかいおむすびだよ。白米のおむすびが一箇十円。光つたごはんだよ。」となつてゐるのを聞けば、それはにぎりめしにちがひないのだらう。（後略）(50)

【注】

(1)『露伴全集』第一巻、岩波書店、一九五二、九頁。
(2) 鈴木貞美『梶井基次郎の世界』（作品社、二〇〇一）第五章四節を参照されたい。
(3) なお、ポーの作品群に"picturesque"な幻影がしばしば登場することもよく知られている。たとえば「アッシャー家の崩壊」（TheFall of the House of Usher, 1839）の冒頭近く、沼地に映るアッシャー家の建物の影が呼び起こす幻想など。
(4) 鈴木貞美「怪奇とモダニティ」（『モダン都市の表現―自己・幻想・女性』白地社、一九九二、一〇一頁）。なお、牧野信一（一八九六―一九三六）は、幼いころの思い出として、自宅の映写機でシーツに自作の映画を映したことを短篇小説「サンニー・サイド・ハウス」（一九三〇）に書いている。『昭和文学研究』第一八集「特集　映画と文学」（一九八九、九頁）を参照されたい。
(5) 本稿は、立命館大学国際言語文化研究所が開催した「国際カンファレンス―江戸川乱歩」（二〇〇七年一二月八日）における報告を再編集したものである。
(6) 明治期には人文学を意味する広義の「文学」に対して言語藝術を意味する狭義の「文学」すなわち「美文学」ないし「純文学」の語が用いられていた。したがって、それは「大衆文学」に対する概念ではない。出発期の「大衆文学」は、菊池寛らの当代風俗小説を「文壇小説」として排除していたが、一九三五年ころ、ユーモア小説など「通俗もの」もあわせ、娯楽性の強いものをさすジャンル名として定着してゆく。これに伴い、都市大衆文化の新風俗を題材にとる「モダニズム」作家たちが、文藝雑誌『新潮』で自らの流派の名として「純文学」と名乗りはじめ、一定のひろがりをもつが、論議がまとまったわけではなく、「純文学」の名は、戦時期には漠然と、藝術を追求する姿勢を指して用いられていた。戦後、文藝雑誌は「純文学」と「中間小説」の二種に分かれていたが、一九五五年ころより、出版社系週刊誌が「中間小説」を売り物にし、「純文学」が危機に瀕したことから文壇批評家たちが「純文学変質論争」（一九六二）を起こし、その過程で「純文学」対「大衆文学」スキームが定着してゆく。鈴木貞美『「日本文学」の成立』（作品社、二〇〇九、第二章三）を参照されたい。

(7) 鈴木貞美『梶井基次郎の世界』（前掲書）六〇一―六一〇頁を参照されたい。

(8) 鈴木貞美「乱歩、『新青年』、都市大衆文化」、国文学　解釈と鑑賞別冊『江戸川乱歩と大衆の二十世紀』六二一―七九頁、二〇〇四年八月

(9) 同前、一六九頁上段

(10) 稲賀繁美「西洋船来の書籍情報と徳川日本の視覚文化の変貌――七三〇年代から一八三〇年代にかけて」（『日本研究』第三二集、二〇〇五秋）を参照。

(11) 「明治美術小史」（『太陽』一九一二年一〇月、臨時増刊「明治聖天子」）、鈴木貞美「『芸術』概念の形成、象徴美学の誕生―『わび』『さび』『幽玄』前史」（鈴木貞美・岩井茂樹編『わび・さび・幽玄―「日本的なるもの」への道程』水声社、二〇〇六）を参照されたい。

(12) "fine art" の広義（liberal art）、中義（藝術一般）、狭義（絵画・彫刻）のうち、狭義が定着するのは一九一〇年前後のこと。北澤憲昭『眼の神殿』（美術出版社、一九八九）第二章三節「『美術』の起源―翻訳語『美術』の誕生」、鈴木貞美「『芸術』概念の形成、象徴美学の誕生―『わび』『さび』『幽玄』

前史」（前掲書）を参照。
⒀『谷崎潤一郎全集』第一〇巻、中央公論社、一九六七、二二五頁
⒁『江戸川乱歩全集』第二巻、講談社、一九七九、二五九頁
⒂鈴木貞美「『風流仏』を読む」、井波律子・井上章一編『幸田露伴の世界』（思文閣出版、二〇〇九）を参照されたい。
⒃象徴主義絵画と写真との関係については、Autour du symbolism:Photographie et peinture au XIXe siècle (Bozar Books by Fonds Mercator& Palais des Beaux-Arts, Brussel, 2004) を参照。
⒄『谷崎潤一郎全集』第一〇巻、前掲書、二二四頁
⒅同前、二二五頁
⒆『谷崎潤一郎全集』第八巻、中央公論社、一九六七、二二八―二二九頁
⒇『谷崎潤一郎全集』第一〇巻、前掲書、六四二頁
(21)同前、六二四頁
(22)同前、六四六頁
(23)ただし、谷崎潤一郎は、狭義のモダニズム文芸が好んで取りあげた自己像幻視の現象は扱っていない。自己像幻視については、鈴木貞美『モダン都市の表現』（前掲書）第四章などを参照されたい。
(24)鈴木貞美「『陰獣』論」（『解釈と鑑賞』一九九四年一二月号）を参照。
(25)鈴木貞美「堀辰雄と二〇世紀西欧文学―コクトーの影をどう論じるか」（『国文学解釈と鑑賞』一九九六年九月号）を参照されたい。
(26)『梶井基次郎全集』第二巻、筑摩書房、一九九九、四一五頁。梶井基次郎も親しい友人に、早くから映画批評に活躍していた飯島正がおり、映画の表現手法を熱心に学んだと思えるが、実際の小説では、その表現が映画の手法の導入であるかどうか、判然としないことの方が多い。

(27) モンタージュ（montage）もまた映画に限らない。写真にも“photo montage”という編集技法がある。絵画にも“collage”がある。シュルレアリスムが好んだ異質なものの組み合わせによって享受者を驚かせる効果を狙うそれにも、徳川時代の遊びに「吹き寄せ」の技法が先行している。また俳諧の滑稽味は価値観の異なる世界をとりあわせることによって生まれることが多い。二〇世紀初頭に芭蕉俳諧を象徴主義として再評価する波は、一九二〇年代には短歌界、小説界にも及んだ。また第一次大戦前のイギリス・イマジズム（imagism）や、大戦後のフランスの短詩型運動、エイゼンシュテインのフィルム編集技法に俳句の影響がうかがわれることも、次つぎに伝えられ、俳句への関心をかきたてたのである。鈴木貞美「芭蕉再評価と歌壇―『生命の表現』という理念」（鈴木貞美・岩井茂樹編『わび・さび・幽玄―「日本的なるもの」への道程』前掲書）などを参照されたい。

(28) 鈴木貞美『梶井基次郎の世界』（前掲書）六一一頁を参照されたい。

(29) 北川冬彦らモダニズム詩人たちが好んで書いた「シネ・ポエム」など、映画シナリオに触発された文藝上の表現様式は、主にカット割りの応用である。小説ではいわゆる「モダニズム」期の川端康成（一八九九―一九七二）や横光利一（一八九八―一九四七）が視線の切り替えを意識的に行っていることが指摘されてきた。

(30)『谷崎潤一郎全集』第一〇巻、前掲書、二七―二九頁

(31)『江戸川乱歩全集』第二巻、前掲書、一五八頁

(32) 同前。

(33) 同前、一五九頁

(34)『江戸川乱歩全集』第二巻、前掲書、一六〇頁下段

(35) 同前、一六一頁上下段

(36) ここでは、語り手が第三者の立場から行うものを客観描写、語り手が登場人物に立場を移して、そ

の視点で行う描写を情景描写と使い分けている。情景は主観的な描写のように考えられてきたが、認識論では、印象とともに、外面と内面の接点に結ばれるとされる。

たとえば「涼しい風」は、風の温度が低いためにそう感じるのか、感じ手の体温が高いためにそう感じるのかは、その印象の外に出て客観的に反省することによって判断される。その印象に対する感想も、その印象の外に出て、それを反省し、すなわち対象化することによって、主観のうちに生じるものである。

これは、小説表現の視覚性が絵画とともに変化し、しかし、言語表現であるゆえに絵画とは異なる変化を生みだしたことと深く関係する。パリを訪れたロシア人作家、ツルゲーネフは、フランスの外光派絵画に刺戟され、短篇集『猟人日記』(Ivan Sergeevich Turgenev, *Zapiski okhotnika*, 1847–52) 中に、天候の変化に伴う野外の光景の変化を書いた。外光派の油絵は、時々刻々変わる陽射と競争しながら行われる風景のタイムリー・スケッチに彩色をほどこし、風景をリアルに再現したように見えても、ある一瞬の記憶像の再現―それが可能ならば―になることに対して、文章が時間による情景の変化、書き手の心理による印象の変化を書いてしまうのは、むしろ自然なことだった。『猟人日記』中、その天候の変化に伴う野外の光景が移りゆく様子を書いた「あひゞき」が二葉亭四迷によって翻訳（一八八八）され、それを学んだ人びとが、さらにフランス印象派絵画の刺戟を受けて、自然の情景が時間によって変化する様子を描きはじめた。徳富蘆花『自然と人生』（一九〇〇）や国木田独歩『武蔵野』（一九〇一）などである。彼らは、まずは、ただひたすら、印象を書きとめることに腐心した。徳冨蘆花は文語体で、それを行い、印象には「たり」や「ぬ」、感想には「なり」などを用いている。

そして、それは表現者たちに感覚や意識への着目を呼び起こし、「もし太陽が緑色に見えたなら、緑色に描いてもよい」という高村光太郎「緑色の太陽」（一九一〇）の主張を生む。それは、太陽は赤く見えるはずだという観念（先入観）と手を切る、まさに視覚性の視覚性としての独立の宣言だった。

表現概念にも「対象物の再現」や「内面の表出」からの脱却を促し、文藝理念においては「自然主義」から象徴主義への移行がはじまる。日本における文芸上の広義のモダニズムがはじまるのは、そこからである。ここにいう広義のモダニズムは、美術史で印象主義から象徴主義への動きをモダニズムとする立場に対応する。やがて、それは斎藤茂吉「短歌に於ける写生の説」（一九二〇－二一）にいう「実相に観入して自然・自己一元の生を写す」などの命題に端的に示されるように、「生命の象徴表現」という理念に収斂してゆく。そして、その観念は、川端康成らいわゆるモダニズム作家たちにも流れ込んでいる。

鈴木貞美「『言文一致と写生』再論―『た』の性格」（『国語と国文学』二〇〇五年六月）、同前掲「『芸術』概念の形成、象徴美学の誕生―『わび』『さび』『幽玄』前史」（前掲書）、同『生命観の探究―重層する危機のなかで』（作品社、二〇〇七）第五章第四節「藤村・蘆花・独歩―自然の『生命』」および第七章、第八章を参照されたい。

(37)『江戸川乱歩全集』第六巻、前掲書、九一頁

(38)同前、九八頁

(39)中島河太郎「解説」、同前、二九二頁

(40)紀田順一郎「都市の闇の迷宮感覚」（一九九五）が、これを指摘した。ただし、まったく見ないわけではない。鈴木貞美『梶井基次郎の世界』（前掲書）一三五頁を参照されたい。

(41)『木下杢太郎全集』第一巻、岩波書店、一九八一、二四九頁

(42)『江戸川乱歩全集』第一巻、講談社、一九七八、一六一頁

(43)鈴木貞美『生命観の探究―重層する危機のなかで』（前掲書）第八章「大正生命主義の文芸」では、これを世界観、および表現観における生命主義の観点から概説してあるので参照されたい。

(44)江戸川乱歩の世界にも登場しない異様な性愛が萩原朔太郎の詩に登場する。「恋を恋する人」

（一九一九）は白樺に口づけし、そして抱きしめる。いわゆる「植物姦」である。
(45)『江戸川乱歩全集』第一巻、前掲書、二四頁
(46)『江戸川乱歩全集』第六巻、前掲書、六三頁
(47)鈴木貞美『生命観の探究―重層する危機のなかで』（前掲書）第八章一節を参照されたい。
(48)『谷崎潤一郎全集』第一巻、中央公論社、一九六六、六三頁
(49)鈴木貞美『梶井基次郎の世界』（前掲書）七九－八五頁などを参照されたい。
(50)『石川淳全集』第二巻、筑摩書房、一九八九、四六八頁。なお引用に際しては旧字体を新字体に改めた。

第三章

中村真一郎と三島由紀夫

——エロスと能をめぐって

1　なぜ、比較するのか

中村真一郎（一九一八〜九七）と三島由紀夫（一九二五〜七〇）の作品史におけるエロスと能の意味を比較してみたい。中村と三島は、七歳ちがいだが、ともにいわゆる戦中派に属し、ともに戦場を知らなかった点においても、敗戦直後から文芸ジャーナリズムに活躍をはじめ、華やかなスター的な存在だったこと、恋愛小説を盛んに書き、小説のみな

Nakamura Shin'ichirō and Mishima Yukio On their Erotic Fictions and Approaches to Nō Drama.

らず、演劇・映画等諸ジャンルにも多彩な活動を行い、古典芸能を踏まえた作品も手掛けたことでも共通性をもつ。小説以外のジャンルでの多彩な活動も古典芸能への関心を向けたのも、戦後文壇の大きな特徴といえるが、とくに性愛（セクシュアル・ラヴ）のシーンを繰り広げる小説では、中村はいわゆる第一次戦後派を、三島はいわゆる第二次戦後派を代表するといってよい。「第三の新人」でセクシュアル・ラヴのテーマと積極的に取り組んだのは吉行淳之介だが、彼は演劇や映画に積極的に取り組んだわけではない。

ちなみに三島由紀夫原作の映画化は『純白の夜』（大庭秀雄、松竹、一九五一）にはじまり、『愛の渇き』（蔵原惟繕、日活、六七）まで一八本（うち『潮騒』が二回）、『憂国』は制作・監督を担当した（東宝＋日本ATG、六六）。中村真一郎原作の映画化は、推理小説「黒い終点」（岡本喜八監督、一九六二）、岡田茉莉子のプロデュースによる『熱愛者』（井上和夫、同年）の二本と少ない。が、『モスラ』（本多猪四郎、東宝、一九六一）の脚本を福永武彦・堀田善衛と担当、また演劇台本『愛を知った妖精』『百合若の勝利』などが上演され、また国際的に放送劇（ラジオ・ドラマ）に試行がなされている時期に、その脚本も数多く手掛けている[(1)]。その他、三島由紀夫『潮騒』の映画化（谷口千吉、一九五四）に際し、脚色に加わり、丸山誠治監督の『君死に給うことなかれ』（東宝、一九五四）の台詞も担当している。映画人にいわせると、中村真一郎の小説は、台詞廻しは当代風で気が利いているが、ストーリー展開が起伏に富まず、映画向きでないということになろうか。これだけでも、中村真一郎の作風の一端は掴めるだろう。なお、吉行淳之介原作の映画化は『砂の上の植物群』（中平康、日活、一九六四）など五本ある。

だが、中村真一郎と三島由紀夫の「あの戦争」に対する態度は対照的だった。中村は第一高等学校教授・片山敏彦に親炙し、のち、そのツテで天文台（諏訪）の嘱託に就いて、徴兵は免れられた。ただし、『私の履歴書』（ふらんす堂、一九九七）では、アンドレ・ジイドら『N・R・F』系に親しむにつれ、片山のロマン・ロランの理想主義への同調、そしてヨーロッパ知識人の左派系への同調に疑義を覚えて距離をとったという意味のことが述べられている。ロマン・ロランはレフ・トルストイの無抵抗主義に賛同し、第二次大戦期には、アサンヒー（生き物への慈悲）を説くマハトマ・ガンジーの非暴力主義に共感を示したが、一時期、ソ連寄りの姿勢を見せたものの、独ソ不可侵条約（一九三九年）の締結を見て離反した。一時期、ジイドもソ連に傾き、やがて離反した。このあたりの動向は、かなり複雑な陰りを伴っている。それはともかく、東京帝国大学仏文科のときに中村が師事した堀辰雄も日中戦争に背を向ける姿勢を露わにしており（『風立ちぬ』の終章「死のかげの谷」一九三七)、真一郎の絶対平和主義の立場は疑えない。

それに比して三島由紀夫は、学習院の学生時代に蓮田善明にその才能を見出だされ、『日本浪曼派』の周辺で文芸活動を開始、近代芸術としての評論を心がけた保田与重郎が駆使した、破滅に向かう志向を孕んだロマンティック・イロニー(矛盾葛藤する両極を組み合わせる思考法)を身につけて出発した。対米英戦争の開戦には厳粛な感動を覚え(「大詔」『文藝文化』一九四二年四月)、四五年二月、応召はしたものの、健康理由で帰宅。家族は喜んだというが、所属予定の部隊は全滅、生き残った者の悲哀を抱え、敗戦後、復員兵にも冷たい眼差しを注ぐ戦後の世間に強い反発を示しながら、作家活動に入った。

そして中村と三島は小説の作風においても対照的である。最も大きなちがいは、中村の小説発表は、ほぼ文芸雑誌に限られ、三島は婦人雑誌や週刊誌にも積極的に発表の舞台を拡げた。中村は、第一高等学校のときから、レビューなどに親しみながら、時代小説中心の「大衆文学」への蔑視の態度を見せている。これは、彼のハイカラ趣味ないしモダニズムと人文主義の重なりによるもので、探偵小説は含まれない。三島の場合、週刊誌などへの積極的進出は、戦後社会からの疎外感が育てた反攻の意志が大衆のスターの位置を獲得することに向けられたと推察されよう。

以上を大雑把な前提として、中村真一郎と三島由紀夫の小説方法のちがいに踏み込み、戦後文芸界の一角に新たな照明を当てる糸口を探ってゆきたい。最初の手がかりとしては、文芸のテーマとしてのセクシュアル・ラヴについて、女性同性愛とその作中における意味のちがいからストーリーの運び方の相違を明らかにし、次に、いわゆる「私小説」に対する態度、および「内的独白」をめぐる見解を検討したい。これは、小説の方法をめぐって戦後作家の態度を二分するような問題であり、いわば補助線として野間宏と高橋和己のあいだに明確になった内的独白をめぐる対立を参照する。そして第三に、能、とくにエロスとかかわりの深い『卒塔婆小町』などの扱い方をめぐって、中村と三島の伝統文化に対する姿勢を比較し、第四に、戦中派意識とも関連して、「いかなる者として死ぬか」という問題、いわばエロスの対局をなすタナトスに向かう自己意識について、それぞれの作品から考えてゆきたい。

2 戦後日本のエロティック・フィクション

エロスは人間の生の根源的欲求として宗教や哲学とも深くかかわり、際限もないような大きなテーマである。人類は、それぞれの宗教に根差した風俗・習慣に強く規定され、各文化圏で大きな偏差を生んできた。エロスの表現は、どの地域においても、それらの規範と格闘の歴史をもっている。この二人の作家における性愛の書き方の比較に入る前に、エロスをめぐる文芸（エロティック・フィクション）の展開について、ごく大雑把な概況を確認しておく。なぜなら、今日、とくにアメリカの風潮を受けて、日本においてもＬＧＢＴなど性的マイノリティーの多様性が公認される趨勢にあり、もし、この今日の前提に立って戦後文芸を考えるなら、文化史的な錯誤に陥りかねないからである。

性愛の歴史を学術に開いた一つの指標を、オーストリアの精神医学者、リヒャルト・フォン・クラフト＝エビングの著書『性の精神病理』(*Psychopathia Sexualis*, 1886-) に求めることができる。サディズムやマゾヒズムを「性倒錯」と記載し、同性愛についてはエディションを重ねるうちに「異常」(anomaly) から「変異」(differentiation) に改めた。ヒステリーと神聖性 (sanstity) とを関連づけた彼の議論は、オーストリアのカトリック教会から敵視された。このように性科学の扉を開いたクラフト＝エビングが称賛を浴びるとともに断罪もされたことは、性愛をめぐる学術的アプローチには不可避に正反対の評価が付随してきたことを示している。セクシュアル・ラヴをめぐる芸術的アプローチの評価は、それ以上の振幅を伴ってきたともいえよう。

日本においては、古代から同性愛が格別に異常視されたことはなく、サド＝マゾヒズムも民衆芸能や江戸時代に「枕絵」と呼ばれる浮世絵の一種（タテマエ上はアンダー・グラウンドで流通していた）でも扱われていた。が、明治維新後、公娼制度とは別に、西洋文明を基準に陰間《かげま》（相手の性別を問わず、男娼を一括して呼ぶ）の取り締まりがはじまり、とくに日清・日露戦争期には、自由思想とともに性愛の表現は激しい弾圧を受けるようになった。先のクラフト＝エビングの書物が発売頒布禁止の対象から外されたのは、一九一三年、デモクラシーとフェミニズムの機運の高まりのなかで、大日本文明協会から黒沢良臣訳『性の精神病理』(*Psychopathia sexualis : mit besonderer Berücksichtigung der conträren Sexualempfindung*, 1894）が刊行されたのが初めてで、ジャーナリズムにいわゆる「変態心理」への関心を呼んだ。女装趣味やサド＝マゾヒズムをテーマにとる谷崎潤一郎の初期作品は、その機運を背景に生まれたものといってよい。その追求は長く多岐にわたり、『卍』（一九三〇）では女性文性愛を扱っている。性愛の「異常」や「変種」についての関心とその表現の追究は、先端的な詩人（とりわけ萩原朔太郎）や作家たちによっても担われたが、そののち、江戸川乱歩が「猟奇」や「エロ・グロ」の代表作家と見なされるようになっていった。三島由紀夫の性的欲望をめぐるテーマ、たとえば覗き趣味などが乱歩の作品に多くを学んだことはよく知られていよう。

ただし、女性同性愛に関しては、若い女性同士の親密な交際と区別がつきにくく、西洋でも日本でも、比較的寛容だった。夫とのディスコミュニケイションと女性との親密さを対照的に展開した田村俊子の大正期の作品、女学生同士の、いわゆる「エス」の関係を書いた吉屋信子の作品群なども隣接しよう。日本の場合、男性同性愛の「異常」視は、漸次に強くなっていったが、旧制中学校・高等学校において女性的な容貌や仕草の同性に対する「稚児趣味」は広く認められ、戦後の国立大学の学生寮の一部でも半ば公然と存続していたともいわれる。

福永武彦の稚児趣味は周辺に知られていた。中村真一郎の場合は、旧制一高時代のその嗜好が『青春ノート』に残されていたが、それが他の生徒に知られることには極度に警戒していた。なお、敗戦後、アメリカの進駐軍の高級将校に、その嗜好で知られる人がおり、日本人の一部に流行を拡げたということを中村真一郎がどこかで披歴していたと記憶するが（いま思い出せない）、戦後におけるその実態は錯雑としており、極めて掴み難い。

江戸川乱歩には、日露戦争で四肢を失い、口もきけず、耳も聞こえなくなった夫を性愛の対象として弄ぶ妻を書いた「芋虫」(一九二九、初出時「悪夢」、伏字多数)がある。その夫は軍功により勲章を授けられていたが、彼女の欲情を拒否する感情を示したとたん、決定的な惨劇が引き起こされる。男性を完全な支配下に置いて女性がその性欲を解放することに対して、男性が抱く怖れの感情が潜んでいよう。とはいっても、当時、この作品には女性の読者(芸妓)から「食事がまずくなる」と嫌悪感が示されたことを、乱歩自身が回想している。そもそも性愛とそれをめぐる表現については、言及や描写が具体的になればなるほど、好悪に個人差が開く。そこに時代を超えてエロティック・フィクションを扱う批評のむつかしさがある。今日のセクソロジーやジェンダー・スタディズの盛行は、かつてより評価の幅をかなりの程度拡げているとはいえ、本稿も全体を通して、そこここに拒絶感を覚える方が出ても不思議はない。大方のご海容をお願いしたい。

先の乱歩の回想には、作家自身には反戦思想を込めたつもりはなかったが、左翼が反戦の意図を読みとったことも述べている。そして日中戦争から第二次世界大戦期にかけては、よく知られているように、政治思想および風俗の表現の取り締まりは極端に厳しくなり、乱歩「芋虫」も一九三九年には単行本より全面削除処分を受け、乱歩はほとんど断筆状態を余儀なくされた。日本の検閲の問題は、そのシステムと検閲基準の変化か激しく、アプローチは容易ではないが、その研究も少しずつだが、浅岡邦雄らによって確実に進展している。

第二次世界大戦後、連合軍最高司令官総司令部（ＧＨＱ・ＳＣＡＰ）が政治記事（連合軍批判）の検閲を、日本の警視庁が風俗記事の検閲を担当し、サンフランシスコ平和条約締結（一九五二）後も官憲による風俗記事の検閲は続いた。Ｄ・Ｈ・ローレンス『チャタレイ夫人の恋人』(*Lady Chatterley's Lover*, 1928) の翻訳（伊藤整）をめぐる裁判（一九五一～五七）、マルキ・ド・サド『悪徳の栄え』(*Histoire de Juliette ou les Prospérités du vice*, 1797) の翻訳（澁澤龍彦）をめぐる裁判（一九五九～六九）、そして三島の自決事件を超えて、永井荷風が江戸後期、為永春水流の戯作を擬して着物の柄など細部まで書き込むポルノグラフィ「四畳半襖の下張」（一九一七）を作家・野坂昭如が雑誌『面白半分』に掲載したことをめぐる裁判（一九七二―八〇）が文芸表現をめぐる三大事件と呼ばれる。法廷では、多くの著名な作家・批評家が猥褻かどうかの判断を官憲の手に委ねず、表現の自由を守る立場から弁論を展開した。

このうち、サド裁判が続いた一九六〇年代は、ウィルヘルム・ライヒの唱えたセクシュアル・レボリューションの風が日本でも大都市のいわゆる秘密クラブなどに拡がりはじめた時期にあたる。その少し前、石原慎太郎は『太陽の季節』(一九五六)以下、無軌道な青春の性と暴力を題材にとる作風で注目を集め、森茉莉による男性同性愛小説『恋人たちの森』(一九六一)『枯葉の寝床』(一九六二)が刊行されたし、一九五〇年代後期に出発した大江健三郎も中短篇集『性的人間』(一九六三年刊)などを重ねた。また東西文化について学識豊かな作家・石川淳が文芸雑誌『新潮』に、日本神話で荒ぶる神をいう「荒魂」をタイトルに冠した長篇を連載(六三年一月〜六四年五月号。新潮社、一九六四年刊)した。「荒魂」にして同時に「和魂《にぎたま》」の化身として主人公・佐太の発散する性のエネルギーは、作中に男女の同性愛やサド・マゾヒズム、サバトの饗宴など破廉恥な性の場面を溢れさせ、また財閥が企てたクーデターを阻止する佐太の率いる勢力は、六〇年代後半、アメリカの西海岸に起こったフラワー・チルトレン運動を先取りするかのような様相を見せていた。

そして一九六〇年代後半には、新潮社から「ヘンリー・ミラー全集」全一三巻(一九六五–七一)が刊行されるなど、性描写のあふれる文芸作品の翻訳も盛んになった。「四畳半襖の下張り」の雑誌掲載に対する弾圧は、このような傾向に対する官憲のリアクションと見ることもできるだろう。三島由紀夫は、稲垣足穂『少年愛の美学』(一九六八)を強く推し、足穂の存在を広く知らしめる役割をはたした。

一九七〇年代にかけては、瀬戸内晴美(寂聴)、河野多恵子、大庭みな子ら女性作家により、エロスの追究の表現の扉が大きく開かれ、七〇年代後半には、性愛と暴力の溢れる表現で中上健次、立松和平、村上龍ら、女性作家では高橋たか子が活躍、エロティック・シーンが氾濫する季節を迎える。一九八〇年代には山田詠美らがセンセーショナルに登場し、いわゆる「女性作家の季節」に入り、女性研究者によるセクソロジーないしはジェンダー・スタディズが盛んになって今日に至っている。

その間、大正・昭和戦前期における多様なエロスの表現の掘り起こしも続いた。なお、谷崎潤一郎は『痴人の愛』(一九二五)で、女体の部分を写した写真の方が全体を想像させて煽情的であることを説いている。これは、パーツ化すなわちオブジェ化という今日でも、流布している一般論を覆す見解といえるだろう。また清沢冽は『モダン・ガール』(一九二六)で早くも文化が生む性差の観点を提出していた。乱歩のエロ・グロ趣味を盛り込んだ長篇探偵小説『黒蜥蜴』(一九三四)の舞台化を三島由紀夫が趣向を凝らして戯曲化し(一九六二)、そののち繰り返し上演されもした。

3 三島由紀夫における女性同性愛

さて、戦後の文芸ジャーナリズムにレズビアン・ラヴの覗き見のシーンを持ちこんだのは、三島由紀夫だった。三島の東京大学法学部の卒業を前後する一九四七年、総合雑誌『人間』一二月号に掲載された中篇「春子」がそれ。のち三島は、この作品について〈只今大流行のレズビアニズムの小説の、おそらく戦後の先駆であろう〉と記している（新潮文庫『真夏の死』「解説」一九七〇）。〈只今大流行〉は、ジャンソン歌手で推理作家を手掛け、男女の同性愛者の集うクラブの経営もした戸川昌子が出版社系週刊誌に、その手の小説を連載していたことなどを指していよう。

三島はその自筆「解説」で〈ほとんど観念上の操作のない、官能主義に徹した作品であり、そのこと自体が当時としては異風〉、〈文学上の退廃趣味を健全なリアリズムで処理すること〉が狙いで、それが〈今日に至る迄、大体私の小説作法の基本〉とも述べている。その意味で三島は、戦後のエロティック・リアリズムの開拓者を自認していた。

「春子」は、『仮面の告白』（一九四九）でデビューを果たす以前の三島由紀夫の、いわゆる初期作品の一つに数えられるが、制作ノートを重ねに重ねた作品で、上流階級に属する一九歳の青年が、家族が疎開した東京の留守宅で、かつてお抱え運転手と駆け落ちし、世間を騒がせたことのある伯母・春子に挑発され、性のイニシエイションを受けたのち、それ以前から想いを懸けていた、野暮ったいそぶりとは裏腹に成熟した肉体をもつ、春子の義理の妹・路子とも関係をもつに至るまでが語られる。問題のレズビアン・ラヴの垣間見のシーンは、青年が家族が疎開して留守に残った東京の邸宅の庭の温室のなかを覗いて、路子の左手が春子の着物の裾に割って入るところまでを見て、その場を離れている。そののち青年は、春子から路子が会うことを承諾したと告げられ、二人の女の愛の姿が濃密に漂う部屋で、路子の口から、関係を受け入れるのは春子の差配によるものだったことを明かされ、路子に言われるままに春子の浴衣をまとい、路子から口紅を差してもらい、身を委ねるところで小説は閉じている。

青年がそれを自ら欲したわけでも、春子が彼の潜在願望を見抜いたわけでもなく、この最後がどこへ向かうのかも、必ずしも明らかではないが、レズビアンのタチ役に身体を委ねるのであれば、A感覚への刺戟が暗示されていると読める。青年の一人称視点で語られる、この作品の場合は、ゲイの自己告白衝動の代償的表現と見なされてもしかたあるまい。

退廃に傾きがちな戦時下の青年の性の心理には、やや踏み込んだ程度だが、若き作家は、青年が意外なところに誘い込まれるまでの出来事を、伏線をはりめぐらせ、現実味を失わずに運ぶことをリアリズムと心得、ストーリー展開に腐心していたことは明らかである。三島由紀夫の小説が意外性に富んだストーリーの運びに重点があり、「人工的」(内的必然性のない、つくりものめいた)と評される所以も、ここに明らかだろう。

三島が、この作以前に、中村真一郎を含むマチネ・ポエティックのグループと接触したことも知られている。以前から三島は、ドイツ・ロマン主義のアイロニーに傾斜し、「愛」と「死」の極点が抱擁しあうドラマを構築したいという願望を抱き、長篇『盗賊』では、それをフランス心理分析小説の手法で肉付けしようとしていた。その文学的な追究の姿勢に可能性を感じとった人は武田泰淳をはじめ、少なくなかっただろうが、それは、作家自身、満足しうるものに到達しえなかった。その追究の過程で、心理分析の方法から逸《そ》れ、リアルなストーリー展開とその意外性、物語性に偏っていったことが知れる。当初抱いていた志は、彼自身の胸の内に熾火《おきび》のように燻りつづけていたとしても、『仮面の告白』の世俗的成功により、作家自ら、戦前期の大衆文化状況がすさまじい速さで拡大再生産されてゆく波に乗ることに興じていった成り行きは見えやすいだろう。

『仮面の告白』は、三島由紀夫が担当編集者宛てに記したように(一九四八年一一月二日付、坂本一亀宛書簡)、彼にとっては〈従来の文壇的私小説〉の仮面を被った告白とは異なり、〈自己解剖〉的な「私小説」であった。そこでいう「文壇的私小説」の告白とは(事実そのままが書かれているかどうかの問題ではなく)、島崎藤村が『新生』(一九一九)で姪との関係を自ら暴露したように、作家の良心の在処を証明するための告白であるのに対し、「自己解剖」に向かう告白はそうではない、自分の告白は〈肉付きの仮面〉とも称していた。

根柢にあるのは、「私小説」は、すなわち仮面を被った告白であるという理解なのだが、これは、伊藤整が『小説の方法』(一九四八)で、狭い文壇のなかで体験を告白しあった日本の「私小説」作家たちを「逃亡奴隷」にたとえ、仮構のうちに社会性を示した西洋の作家を「仮面紳士」と論じて、作家の社会的パフォーマンスに還元したことをベースにして、その二つの態度を結びつけ、日本の「私小説」は「仮面をかぶった告白」と周辺で論議されていたことによるものだろう。あるいは三島が師と仰いでいた川端康成の意見によるものだったのかもしれない。なお、島崎藤村は「ルウソオ『懺悔』中に見出したる自己」(一九〇九)で、ジャン - ジャック・ルソー『告白』(*Les Confessions*, écrites de 1765 à 1770, publication posthume)こそ「自然主義」の精髄、エミール・ゾラの作品など芸術ではない、と論じていた。二〇世紀への転換期の日本の文芸サークルで、いかに文芸における「自然主義」の概念が混乱していたか、その証左の一つである。

ここでいう「自己解剖」は、同性愛嗜好と異性との愛の交歓を願望する自己との葛藤の分析を意味しているが、三島にとって同性愛を語ることは、世間的にアブ・ノーマルとされていることを前提にして、自己暴露が世間的健全さへの挑戦ないし破壊の意味をもっていたことは、決して見逃すことができない（当時の批評家の一部が、同性愛嗜好を若き男性には普通にある性向と述べたり、のちの三島の異性愛の成就を強調したりすることも、さらには今日のセクシュアル・マイノリティを公認する立場から同性愛嗜好のカミングアウトのように評価することも、彼の戦後社会からの疎外感ゆえになされた反攻の意味を読み落とすことになろう）。

兵役にとられることなく、戦場に赴かなかった戦中派、敗戦後の社会から爪弾きされる戦中派という二重の疎外感に苛まれ、身体的劣等感と同性愛嗜好、異性愛の不能が複合した心理を克服するために、世俗的スターの座を獲得するまでの彼の努力は、相反する二極の心理を逆説的に結びつけ、ストーリー展開の意外性を発揮する流行作家への道を歩むことに向けられた。そのロマンティック・イロニーは、戦時下、保田與重郎から学んだものにほかならない。そのうちに体制や権威への叛逆の傾斜が強く出るところには蓮田善明の影が見られよう。蓮田は、その『鴨長明』（一九四三）に、長明が後鳥羽上皇の御歌所から身を隠したことに上皇への反逆の姿勢を読み取っていた（『源家長日記』や『十訓抄』の長明評に足許を救われ、都を守護する下鴨神社の神官の息子の立場に、儒学の忠義にも仏教思想にも背きがちな心を読もうとしたのである）[(2)]。

その後、三島由紀夫のエロティック・フィクションの展開は、亡父の父親すなわち義理の祖父に身をまかせつつ、若い園丁と通じる女性の内面を書いた『愛の渇き』（一九五〇）で西洋風の近代小説の実現という評価を受けた。三島はそれをフランソワ・モーリアックの「内的独白」の手法に学んだことを隠していない（「あとがき」『三島由紀夫作品集２』新潮社、一九五三）。また情念にかられて社会悪や倫理を犯す主題を『禁色第一部』（一九五一）、ギリシャ旅行を挟んで『秘薬』（禁色第二部、一九五二〜五三）に展開し、内的独白とロマンティック・イロニーを駆使してゆくことになる（モーリアックの「内的独白」が孕む問題については後述する）。

だが、その後、『青の時代』や『金閣寺』（ともに一九五六）のように、社会的事件の主人公の屈折した心理をロマンティック・イロニーで解釈し、内面のドラマを構成してゆく方向が顕著になる。実際、三島由紀夫作品にアイロニカルな論理構成を指摘する批評は多い(3)。

それゆえ、三島が『金閣寺』で、主人公が金閣寺を眺め、美的陶酔に誘われ、人生を支配されてしまうがゆえに金閣寺を滅ぼし、自ら生きる道を歩み出そうとするまでのストーリーを組み立てたことに対し、禅寺の内実をそれなりに経験し、承知している水上勉が別の解釈を『金閣炎上』(一九五七)に示すことにもなった。つまりは、作家が登場人物の心理的葛藤を作り出してゆく方向に向かったのである。

4 中村真一郎の出発と女性同性愛

第二次世界大戦後、中村真一郎が文芸ジャーナリズムに「戦後文学の旗手」として登場するには、まず加藤周一、福永武彦との共著『1946・文学的考察』(真善美社、一九四七年一月——いいだももら第一高等学校生徒を中心とする同人雑誌『世代』の依頼に応えて先輩格の文学者として連載)に示した広く二〇世紀の国際的視野に立つ文学的立場が若い世代の支持をうけたことが下地として働いた。たとえばドイツ生まれスイスの作家・

ヘルマン・ヘッセのノーベル文学賞受賞（一九四六年）をいち早く取り上げ、ヘッセの第一次世界大戦時からの反戦平和の姿勢を掲げ、またインド仏教への親炙も取り上げていた。ここには、国際的な文化史的文脈への配慮がはたらいており、それはおそらくは、先にふれた「理想主義」に走る片山敏彦の姿勢との違和が生んだ姿勢ではなかったろうか。

そして、もう一つは、一九四七年一一月、真善美社より刊行された『死の影の下に』（五部作の第一部〔雑誌『高原』一九四六年八月～四七年九月〕には、プルースト的な無意識的な記憶想起に満ちた意識の流れの手法により、これまでにない長篇小説の世界を開拓したことが大きくはたらいた。

中村真一郎のプルーストへの接近は堀辰雄経由といってよいだろうが、堀辰雄の『美しい村』第二章にあたる「美しい村─或は小遁走曲」（一九三三）では、「私」がいま、書こうとしている「物語」（と呼んでいる）の構想をふくらませ、当初とはちがう形になってゆく経緯が記される。それは語り手の精神の動き（しばしば「魂の状態（エタ・ダーム）」とも）、すなわち意識の出来事にそって構成される。そこに出現するのは、いわゆる客観的出来事をいうリアリティではなく、一人称視点に立った意識の内的リアリティーの展開する世界となる。

このような小説作法がジェイムズ・ジョイス、プルースト、ウィリアム・フォークナー、ヴァージニア・ウルフなどによって二〇世紀小説の主流になってきたことが今日では歴然としているが、戦後文壇では、その見解は必ずしも一般化していなかった。「内的独白」(monologue intréricur)と「意識の流れ」(stream of consciousness)についても現在に至っても漠然としているところがあろう。後者は文芸用語の狭義では「無意識の噴出」をいっている。これは、プルーストよりも、ジェイムズ・ジョイス『ユリシーズ』(*Ulysses*,1922)の受容史と、そして、より広くは意識の現象学の拡がりともかかわり、未だよく整理がついていない[(4)]。さらには「私小説」論議とも絡んで戦後まで、いや、今日まで尾を引いている。これらについては、本稿でも必要な限りで、ごく簡単に整理を試みてゆく。

中村真一郎の初期五部作の第一部『死の影の下に』(一九四七)は、意識のリアリズムの分析に著しい特徴があり、とりわけ無意志的回想が回想時の意識によって変奏されることが強調される。第二部『シオンの娘等』(一九四八)は、主人公にして語り手の城栄のノートが随伴している。これは堀辰雄「美しき村」と同じだが、真一郎の場合には、それが語り手自身の心理の変化の分析のために用いられている。

たとえば、『シオンの娘等』[12]では、浮田礼子嬢が「わたし」の感情を混乱させる原因が、彼女が遠い過去と近い過去と現在の三つの相で立ち現れるゆえ、と分析される。第一の相は、かつて見た浮田家令嬢の幼い日の赤い水着姿。第二の相は、青年期の「わたし」が銀座で見かける「シオンの娘等」のなかから礼子嬢が浮かび出てくることをいう。これは、プルーストの「花咲く乙女たち」のなかからアルベルティーノが浮かび出てくるのと同じだか、それは、この一年のあいだ「わたし」の心を愛と尊敬とで支配しつづけてきた彼女の相であり、第三は、親密な仲に進むことなく、互いに何でもない関係を装うような仲になっている現在の彼女の相である。その三様の彼女が「わたし」の感情をかき乱すので、「わたし」は、それを整理してかからねばならない、というわけだ。

記憶が絡むことによって現在のイマージュの世界がつくられるのは、ベルクソン『物質と記憶』(*Matière et Mémoire*,1896) が説いたことで、プルーストはそれを学んで、彼の意識の哲学の要諦にしたが、記憶の深層からの突然の噴出については、ベルクソンは言及しておらず、プルーストは独自の発見のように考えていたらしい(遺伝学におけるアタヴィズム〔atavism〕(隔世遺伝、間歇遺伝) と関連して、日本でも一定の流行をみた)。城栄は、その前提にたって、自分の現在の意識を分析してみせる。それが中村真一郎のスタイルの特徴で、記憶の深層からの突然の噴出はさして目立たない。

そして、その［18］では、語り手「わたし」は、避暑地の公会堂で演劇が行われているあいだ、偶然、その庭の藪影から浮田礼子と広川桃との〈秘密の愛撫の声〉を漏れ聞き、彼女たちがレスボス島の妖精たちだったことを知る。次の［19］では、その晩、礼子嬢に対する感情が〈愛と尊敬〉から〈純粋に肉体的な欲望〉に変化したことが語られる。ここでは、プルーストの影は、語り手の性愛に関する感情の変化に絡んでいる。発表は三島由紀夫の「春子」発表より、ほぼ一年後のことである。

プルーストの場合、語り手にとって「ソドム」とは異なり、「ゴモラ」における女性たちは『スワン家の方へ』で語り手が目撃するヴァントイユ嬢と女友達との関係にしろ、『ソドムとゴモラ』におけるアルベルティーノのレズヴィアニズムへの疑いにしろ、霧のなかを漂うゆえに語り手は想像をかきたてられ、打撃を受けたり、嫉妬にかられたりするのだが、中村真一郎の初期五部作に「ソドム」は登場しない。『シオンの娘等』［18］には、第三の現在の礼子嬢に対し、「わたし」は間近に彼女のブラウスの胸のふくらみを目にして圧迫感を覚える場面がある。彼女の女らしさに対して、「わたし」は欲望を刺戟されても、それは閉ざされていた。だが、彼女がレスポス島の住人であることを知ったことにより、彼女との仲が進行しない理由が判明し、かつ彼女も肉欲をもつ存在であることが如実にわかると、彼女に対する「尊敬」が剥がれ落ち、彼女の肉体に対する欲望に火が点いたという成り行きである。ところが、彼女が同性愛者であるなら、「わたし」の男性としての欲望は受け入れられそうになく(礼子嬢がバイ・セクシュアルという想定はなされていない)、やがて「わたし」は愛情の対象を別の女性に移してゆくことになる。

このような心理は、戦時下、青年たちに死が迫りくる現実から逃避的になりがちな主人公・城栄に起こったこととして示されている。現実逃避的で古典や芸術の世界に心を向けがちなのは、プルーストの語り手に似てはいても、『失われた時を求めて』の時間は戦時下に限定されているわけではないし、女性同性愛が語り手にもつ意味もちがう。そこで語り手はノートに自己の意識の分析を書きつけたりもしない。

そして、語り手にとって礼子嬢が過去と近い過去と現在の三つの相貌をもって立ち現れる現象は、『シオンの娘等』の刊行以前に発表された短篇「妖婆」(一九四七)では、やはり戦時下、亡くなった日本史学の先生の遺稿の整理にあたることになった語り手が、先生の研究対象だった彼の縁戚筋の旧大名家を訪れ、そこで見かけた子爵の叔母、一心にカード遊びにふけっている老婆から、四つの肖像を想い浮かべるかたちに変奏されている。そのとき、子爵が語り手を先生の弟子と紹介した途端、老婆の面差しには一瞬、生気がよぎったのを語り手は、見逃さなかった。次に、その一か月後、再び資料を借りに訪れた子爵家の一家は空襲に備えて郷里に疎開していたが、その露台のロッキング・チェアには老婆は一人、静かに滅びを迎えるかのような身を横たえていたのだった。これが第二の肖像となる。

先生の遺稿のなかには、彼女が、先生が若き日に密かな想いを懸けた女人だったことが明かされていた。だが、彼女は嫁いでしまった。そののち、彼女は離婚して家に戻っており、久しく会わずにいて見かけた折には、人の心を凍らすような冷たい瞳にであった(第三の肖像)。先生が洋行前に子爵家に挨拶に行ったときには、彼女は一言「おめでとうございます」と告げたきり、カード遊びを続けていたが、そのこめかみには血管が浮き上がっていたと記されていた(第四の肖像)。先生に想いを懸けられていることを知りつつ、それに感情を動かすことがあっても、格式を守り、身を持してきた老婆が、いま、一生が閉じるのを待っている。そう想う語り手の想念のなかに、老婆の顔に四つの表情が一瞬のうちに明滅して小説は閉じる。「妖婆」のタイトルは、その一瞬の変貌を指している。語り手の記憶と先生の手記の記述から浮かび上がる四つのイメージが想念のなかで映画の急速モンタージュに似た怪異を呈したわけだ。逆にいえば、それは、彼女の四つの肖像が一つの人格に結ばれたことを示していよう。

世の中のしくみも変化も複雑になればなるほど、そのときどきに蓄積された記憶、あるいはもたらされた知識の断片は、一人の他者に人格の多面性ないしは多重性として感じられる様相を呈するだろう。あるとき、それが一つの人格の統一像に達するようなことも、しばしば経験することではないだろうか。それに類する意識現象は、そののちも中村真一郎作品のうちにしばしば顔を覗かせる。記憶の断片と対象の認識とのかかわり方が、彼の世界にあっては、大きな要素をなしているからである。

5　出されなかった葉書

ところで、この「妖婆」をめぐって、三島由紀夫が中村真一郎に宛てて書いたものの出さなかった葉書二通（一九四七年一〇月一九日付け葉書未発送）が残っていた（『決定版三島由紀夫全集38』新潮社、二〇〇四）。その内容は、中村真一郎や加藤周一が文学に初恋を続けているか、という問いかけに始まり、「妖婆」の冒頭、先生が調べていた大名家の血筋を引く子爵について〈古い家柄と新しい西欧な教養とが、中年の落付きの中に自然に混り合った、その品のいい態度〉という形容をめぐって、教養というものに対する〈無邪気で素朴な無教養の目を持つことが必要なのではないか、作家は自分自身に驚くことにより、世界におどろき、美におどろき夢におどろくのだと思ひます〉とつづく。「妖婆」の一節に対する反撥というより、中村真一郎の作品は世界に対する態度が知的評論的であり、その教養に対する感動がないと言いたいらしい。だか、それをぶつけてみても噛みあいそうにないと感じ取ったのだろう、三島はその葉書を投函しなかった。三島由紀夫のロマンティックな芸術観は、近代を通して感情の表現とされてきた詩においてさえ、二〇世紀には知性による批評を抱き込んで展開していたことを常識とする人々と、スレチガウものだった。おそらく、この齟齬は、三島の最期まで埋まらなかった。

『日本浪曼派』を名乗る雑誌について、当時、美術批評に活躍していた土方定一は時代錯誤と非難したこと、それに対して中谷孝雄はリアリズム全盛に対する反語的表現と応じていた。このことについては再三ふれてきた。芸術作品の制作にあたって、アナクロニズムは必ずしも否定されるべきではない。新機軸を生むこともある。だが、どのようなジャンルであろうと、その歴史認識に関しては弊害しか生まない。理念が先導するロマン主義－対－環境や条件の還元主義に立つ実証主義ないし自然科学的リアリズムとが対立した一九世紀後半の構図は、二〇世紀への転換期には、象徴主義の台頭のなかで、それらを相互の組み合わせる新たな模索がさまざまに行われていた。それは、五官がキャッチした印象の再現を狙う印象主義から、抽象的観念の具現（バラは愛の象徴）を意識的に行う象徴主義へ、さらには表現主義や立体主義、構成主義などのモダニズム諸派、さらにはダダやシュルレアリスムへと分岐していったのが二〇世紀前半における諸芸術の展開だった。

保田与重郎は「日本浪曼派」を名乗りはしたが、侘び・寂びや幽玄の中世美学を「日本的なるもの」とする象徴美学の流れに立ち、それを逆説的に破滅に向かう情念へ展開した。その評論「日本の橋」（一九三六）は、寂しい景物そのものを評論の対象に据えたことで、文芸史が芸術史や文化史に向かう機運に歓迎された。が、そののち、ドイツ・ロマンティシズムを日本文化史にアテハメ、後鳥羽院や上田秋成らをアイロカルな構図で説く批評は、時代錯誤に満ちていた。そうであれば、あるだけ、戦時下、デカダンスやニヒリズムに傾く、とくに青年たちの精神によく響いた。(5)

中村真一郎の場合は、財界人で広い知見をもつ父親の影響下に、中学生のころから、西欧一九二〇年代の、いわゆるアヴァンギャルドの動きにも接して、二〇世紀芸術全般に通じた教養の基盤となった。中村より七つ齢下の三島由紀夫は、代々官僚の家族の生まれで、幼いころから祖母の影響下に歌舞伎や泉鏡花の伝統芸能に親しんで育ったことが『日本浪曼派』への接近に繋がったらしい。いわば幼少期の土壌のちがいがふたりの作家の精神の嗜好性の差に歴然としている。

『死の影の下に』五部作にも、プルーストに似て、城栄の意識の哲学やさまざまな芸術論の知識が開陳される。ただし、画家や劇作家、キリスト教信者、左翼学生など、それぞれの人物像はモデルがいてつくられたものと想われ、それぞれに、ほぼ典型的な考えを披歴しているが、西洋古典学の学徒として設定された城栄を作家の「分身」ということはできても、彼が語る開陳する知識のどこまでが当時の若い知的青年の常識に近く、どこからが執筆当時の真一郎の独自の見解なのか判然としないことも多い。この作家と主要登場人物の関係については、次に考えてゆくことにしよう。

ここでは、とりあえず、戦後日本において、戦時下の青年期の性欲をめぐる物語の頁を開いた作家の一人として中村真一郎を考えるなら、その語り手の対象についての意識には、記憶と融合しているがゆえに混乱が起こり、それに整理がつく傍から関係の変化に見舞われ、それによって彼の精神が変貌を遂げてゆく。つまりは、語り手の意識の変化の過程とともにストーリーが展開してゆくという特徴が指摘されよう。リアルな心理劇的なストーリー展開に腐心した三島由紀夫との大きな差異は、その点にあった。

そして中村真一郎も、初期の長篇五部作ののち、性の欲望と歓び、その心理を分析的に語る『夜半楽』（一九五四）、『熱愛者』（一九六〇）、『恋の泉』（一九六二）などなど幾多を重ねた。中村真一郎と三島由紀夫は恋愛小説ないしエロティック・フィクションを競いあう関係にあったと見ることもできそうだが、二人のこのような方法のちがいを、さらに小説観のちがいにまで踏み込んでみたい。

6　戦後文壇における小説方法をめぐる対立

中村真一郎の小説には、批評家を語り手とするものがある。三島由紀夫が出さなかった葉書の八年後、『仮面の告白』からは七年後の長篇『冷たい天使』（一九五五）がそれ。売れ始めたところで自殺した私小説家・池上広志の高等学校以来の友人で、いつも彼から小説を書けない「批評家」とからかわれてきた「ぼく」が、彼の死とその小説「冷たい天使」をめぐって考察し、それを完成させるという作品である。その池上の小説には、池上のかかわりをもった女性同士が実は同性愛の関係にあったことを知る場面もある。
その〔六 冷たい天使〕の章では、池上の小説「冷たい天使」の紹介に先立ち、「ぼく」は〈西洋風の架空小説〉と〈純然たる私小説〉とを対比する図式により、池上の「冷たい天使」を虚構の少ない「私小説」と断じている。そして池上の「冷たい天使」の全文を紹介したのち、〔七 註及び雑説〕では、文芸時評というものは、いわば文壇政治にほかならず、〈その時代の空気が変われば数年ならずして謎となる〉と言い置いて、「冷たい天使」の前月、「戦後夫人」という作品によって新しい風俗作家・池上広志が登場したと歓迎する匿名時評を紹介し、実際、それに池上が勇気づけられはしたが、それは〈戦後の新人の外国の小説の模倣品製造〉であることを揶揄するためにする一文かもしれないと述べている。そして、そこには〈私小説こそ、真の客観小説だという、戦前までの常識を心得た作家〉の登場を望むという条《くだり》なども見え、〈意味がよく判らない〉評言とし、それに対して「ぼく」は〈『青年の環』や『赤い孤独者』や『死霊』の後で、思想的にも構成的にも小さな日常的な袋小路へ、日本の小説が戻るのは反対である〉といい、作家の実生活が問題なのではなく、池上の「冷たい天使」の主人公の「誘惑者」の哲学がいかにして現実の前に崩れて行くか、それを示すことこそが文学の問題だと主張する。

そして、〈作家が描写によらず説明で運んでいるのも小説の邪道〉と付け加え、池上に〈ジャンルに対して、もっと厳しい潔癖さ〉を要望して終わる。

念のために断っておくが、これは三島由紀夫『美徳のよろめき』（一九五七）が「よろめき夫人」という流行語を生む以前の作である。ここに示された、第一次戦後派の作風を形而上学が勝った観念小説のように非難し、体験談風の私小説、戦後風俗を描く小説の新たな登場を歓迎する傾向を退ける語り手の批評家の小説観は、ほぼ中村真一郎その人のもののように思える。その手の評言はたしかにあったが、ここにあげられている野間宏、椎名麟三、埴谷雄高の実作の、どこが外国の小説の模倣なのか、改めて問いたい気がする。中村真一郎の『死の影の下に』五部作もプルーストの単なる模倣でないことはすでにふれた。

そして、もし、それをいうなら、作家の実体験をもとにした「私小説」は、ゲーテ『若きウェルテルの悩み』（一七七四）に発する西欧近代に生じた小説作法の模倣ではないか、と問い返すべきだろう。それはすでに永井荷風の随筆「矢はずぐさ」（一九一六）の冒頭近くで説かれていたのだが、一九二〇年代から三五年にかけての「私小説」論議がすっかりそれを忘れさせてしまい、しかも戦後の議論の混乱を準備していた。それは、だが、必ずしも先に登場した匿名時評のように「第一次戦後派」の傾向を観念小説のように退け、「私小説」を肯定する方向とは限らず、本格的な近代的リアリズム小説を待望する声をも生じさせていた。それらについては、後に論点の整理を試みることにしよう。

それに先立ち、先の語り手(批評家)の言のうちに、小説は説明ではなく、描写で運ぶものという命題が登場していたことに着目しておきたい。出来事の説明とは区別される描写(depiction)は、一般に、情景ないし人物やその心理を知的概念的説明ではなく、比喩を用いるなどして読者に生き生きと想像させる表現をいう。ところが、現象学の台頭を承けて意識のリアリズムを重視する方向に展開した二〇世紀文芸では、視点人物の五官の感覚がとらえた景、及び、それに触発された印象ないし感情の入り混じった「情景」が展開される方向をとった。他方、写真やフィルムなどカメラ・ワークによる映像(スナップ・ショット、クローズアップやパン、またカット割り)などを擬した描写が次第に幅を利かせるようになり、一九世紀の客観描写とは様変わりが進んだ。

日本においては、前者については、二〇世紀への転換期に国木田独歩が「今の武蔵野」(一八九八)で芸術的散文を開拓、また岩野泡鳴が早くから一人称視点の語りを実践し(五部作)、一元描写論を唱えた。その一元描写論について、田山花袋は「東京の三十年」

（一九一七）で、多少窮屈だが、それが本当の行き方と認め、河上徹太郎「岩野泡鳴」（一九三四）がその作家的価値を絶賛し、石川淳「岩野泡鳴」（一九四三）が主人公＝語り手が自身の置かれた環境や自身の心境を自由に対象化して書く立場を確保したと論じた。後者については、横光利一が「蠅」（一九二五）や「風呂と銀行」（一九二八、のち『上海』冒頭）の冒頭で試みたことなど知られるが、エロティック・フィクションにおいては、江戸川乱歩が「屋根裏の散歩者」（一九二五）で覗き見の煽情性を開拓したり、谷崎潤一郎が『痴人の愛』（一九二五）で映画のカット割りを語り手の視点の転換に用いていた。戦後にも野間宏『青年の輪』に、映画のスローモーションの応用が登場することは先に述べた。

中村真一郎『冷たい天使』の語り手（批評家）は「私小説」を〈思想的にも構成的にも小さな日常的な袋小路〉に陥ると退けると同時に、小説は説明ではなく、描写で運ぶものと述べていたが、中村真一郎の前期小説において、意識がとらえた情景描写は、プルーストや堀辰雄に比しても目立つことはなく、心理描写もその分析に傾きがちで、描写らしい描写が顕著になるのは『四季』四部作の『春』の冒頭あたりからではないだろうか。中村真一郎の小説の架空の語り手の言が、必ずしも当時の中村の考えと一致しないような例は、他にも様ざまにあることは先にもふれた。いうまでもなく、いわば典型的な考えを語る語り手を仮構するゆえである。

また真一郎の小説の描写に映画技法が応用されていることを感じることは、まずない。三島由紀夫の場合は、演劇的場面を効果的に用いて小説中に意外さ、華やかさを添えることを好んでする。そのような場面は、誰の作品でも映画のシーンと区別できない。

7 内的独白と意識のリアリズム

そこでいま仮に、中村真一郎と三島由紀夫の方法的対立を、内的独白をふくむ近代的小説の日本における実現を目指す立場と二〇世紀的一人称視点による意識のリアリズムの追究としてとらえ返してみたい。それは、そののち、一九六二年、憲法調査会などの動きを含めて戦中・戦後の法曹界を舞台にした高橋和己『悲の器』が文藝賞を受賞した際、野間宏と中村真一郎が、その作品の意義を認めつつも、方法上の疑義を呈したことに端的に示されていよう。そこで、ここでは、しばらく野間宏と高橋和己のあいだの小説方法における見解の相違に立ち寄ってみたい。なお、野間宏は一九一五年生まれで中村真一郎より三つ上、高橋和己は一九三一年生まれで、三島由紀夫より六つ下、野間宏とは一六歳離れている。

　高橋和己はのち、『悲の器』を収載した『われらの文学21』（講談社、一九六六年一〇月刊）の巻末に、「もう一つの劇」と題するエッセイを寄せている。そこには〈作中人物と作家の関係との関係も、作家の自ら創りなせるものに対する愛憎共存という二重の関係をもつのが普通である。（中略）作中人物は最初は確かに作者の分身――つまりは運命の仮託者でありながら、ある時点から自由の使徒として、現実法則に踞蹐する作家に対する指弾者ともなるといった意味である。すべての作中人物は、それゆえ、「私であると同時に私ではない」というのが、一見曖昧に見えながら最も正しい作家と創造物との関係のあり方だろうと私は考える〉という一節が見える。小林秀雄『私小説論』（一九三五）は最後に、フローベールがいった「ボヴァリー夫人は私である」ということばを引いて閉じていたが、実際のそのフローベールの言は、すくあとに「だが、私ではない」が付いていた。高橋和巳は、それを踏まえ、作家と主人公との矛盾・葛藤関係に言及しているらしい。ここには『悲の器』が一応は主人公の一人称視点をとっているが、そこには作家自身の主人公に対する「愛憎共存」が起こっていることを言っている。だが、高橋和己においてそれは、ロマンティック・イロニーのように考えられているらしい。というのも、彼はロマンティック・イロニーを『堕落』（一九六九）において駆使しているからだが、ここではそれを指摘するにとどめておく。

エッセイ「もう一つの劇」は、そのあとに、フランソワ・モーリアックの『小説家と作中人物』(*Le Romancier et ses personages*, 1933) より、小説家は〈敢えて創造者の称号を持っていることを自負する〉という一節を引き、作家が自分の信条や心情を語る小説、またモデルに忠実な肖像画を描く作家を考慮の外に置いていることを紹介し、それは〈おそらく正しい〉といい、〈与えられた人性に対する絶望的反抗としての文学表現〉は、模写や肖像画に止まるわけはないと述べている。日本のいわゆる「私小説」への拒絶を示し、小説の近代化の努力の途上として、モーリアックの方法を上げている。おそらくは、それによって、文藝賞の選評で野間宏や中村真一郎が示した小説の技法への疑義に対する答えを記したと想える。

高橋和己は『悲の器』でも、主人公の法学者の心の動きを内側から書こうとしてはいても、そのふるまいの描き方が徹底せず、ストーリーの運びに合わせて作者の都合で動かしているところは否めない。そのような登場人物の扱い方に、野間や中村の不満があったとわたしは推測しているが、あるいは高橋和己もそれに気づいて、モーリアックのいう「創造者の称号」を持ち出したとも想える。

　というのは、「もう一つの劇」が書かれる前に、実は、野間宏と高橋和己の対談「現代文学の起点」（『文芸《ママ》』一九六六年四月号）が行われていたからだ。野間はそこで、フローベールの名を出しているが、高橋和己は、意外そうな反応をしただけだった。おそらく高橋和己は『ボヴァリー夫人』の表現を考察したことはなかったと想われる。『ボヴァリー夫人』は、主人公、エンマをはじめ、その夫、シャルル・ボヴァリーら多くの登場人物の内的視点が、客観的視点をも挟んで、次つぎに切り換えられながらストーリーが展開する。たとえば第二部〔２〕の終わり、神経を病んだエンマがシャルルとともにヨンヴィル・ラペー村の別荘を訪れた日、その夜、一人で、建物に足を踏み入れる場面では、ドアを開けると、塗り替えた漆喰の匂いの混じった湿った空気が彼女の肌を撫で、階段に足をかけるとギシッと音がし、そして見上げると月の光が踊り場の窓から差し込んでいる、という具合に、触覚・嗅覚・聴覚・視覚をリアルに書いて、彼女の内景を構成する方法をとっている。そして、ストーリーの運びは、たとえば、エマから夫のシャルルへ視点人物が転換してなされてゆくのだ。

　もし、高橋和己が『ボヴァリー夫人』を考察の対象にしていたなら、表現形態に敏感な高橋が、このような方法に気づかないはずはないだろう。高橋は中国古代詩の技法について、行き届いた論文を重ね、その「六朝美文論」（一九六六）は、今日でも定評がある（隠喩の分析がハーバート・リードのメタファー論を参照しているため、二〇世紀のそれに寄りすぎているきらいはあるが）。

そしてモーリアック的方法とロマンティック・イロニーが共存している点では、高橋和己と三島由紀夫の共通性があげられよう。さらに高橋和己も戦場へ赴かなかった戦中派で、また特攻の思想を内在的にとらえた短篇「散華」（一九六七）などものしたこと、一九六〇年代後期の学生叛乱に関心を注いだことも二人に共通していたから、一九六九年秋の二人の対談は快調だったことを言い添えておこう（『潮』一一月号）[6]。

他方、野間宏「暗い絵」（一九四六）の冒頭は、ペーテル・ブリューゲルの絵画をめぐって、圧迫してくる外界と圧迫される内面とを重ねる情景描写から始まる。それは彼が抽象観念を具体物で示すフランス象徴詩の表現方法から開拓した散文だった。野間宏は、高橋和己との対談では、それ以上、フローベールには言及していないか、彼は第三高等学校から京都帝大仏文科を卒業するまでのあいだに、フローベールが己れの信念や情熱の赴くところを貫くロマンチストであり、だが、小説を書くにあたっては対象の現実に即して書くことに徹し、その意味で科学的な方法をとったことなど、よく承知していたと思われる。ここで、少しだけ、昭和戦前期のフローベールの世界観や社会観の受容に寄っておく。

フランス語が読めない人でも、フローベールの『ジョルジュ・サンドへの書簡』を中村光夫が翻訳しており、フローベールの考えのおよそは把握できた。サント・ブーブが自分のことを知らずに、まちがった風評をふりまいているといい、『ボヴァリー夫人』を心理解剖に喩え、フローベールが外科医の息子だったからと評したことなどまったく馬鹿にしていたことや（一八六九年二月二日付）、ラマルキズムが浸透していたフランスで、エルンスト・ヘッケル『自然創造史』(*Natürliche Schöpfungsgeschichte*, 1866) をドイツ語で読み、ダーウィンよりダーウィニスト（生存闘争による種の進化論者）であることも見抜いていたことも（一八七四年七月三日付）。フローベールは、またすでに一九四八年二月革命で諸勢力の葛藤をよく知っていた。その前後の時期のパリを舞台にした『感情教育』(*L'Éducation sentimentale*, 1869)[7] においても、その動きを突き放して観察している。

二〇世紀後半、フランスでフローベールについての研究は盛んだった。二一世紀に入って新たに編まれ書簡集に加えられたジョルジュ・サンド宛の手紙の次の一節に、彼の考えがより明らかにされていた。モーリアックとの方法上のちがいが露わになるので引いておく。

それにわたしは心のなかの何かを紙の上に表すことに度しがたい嫌悪を感じるのです――わたし自身、小説家というものは、何につけてであれ、自分の意見を表明する権利を持たないとさえ思っています。神が自分の意見を述べたこと、そのようなことがかつてあったでしょうか？

Et puis j'éprouve une répulsion invincible à mettre sur le papier quelque chose de mon cœur. --- Je trouve même qu'un romncier n'a pas le droit d'exprimer son opinion sur quoi que ce soit. Est-ce que le bon Dieu l'a jamais dite, son opinion ?　（一八六六年六月二五日、二六日付）

ここでフローベールは、作家を神に擬しているが、早くからバルーフ・ド・スピノザに傾倒する汎神論者で、自然には神が遍在していると考えており。それゆえ、芸術は自然と同様であるべきだという信念もかたちづくられていた。

芸術家は、その作品のなかで、被造物における神のように、姿を隠しつつ、全能でなければならない。いたるところに感じられ、しかも姿を現してはならないのだ。L'artiste doit être dans son œuvre comme Dieu dans la création, invisible et tout-puissant ; qu'on le sente partout, mais qu'on ne le voie pas.　（ロワイエ・シャンピー宛、一九五七年三月一七日付）

つまり、フローベールにとっては、創造主の立場に立つことと、作家は自身の考えを表明することなく、現象のありのままの表象ないし再現（représenter）することが同義であり、登場人物に即して、その内側から書くという方法が採られたのである。他方、人間の活動とは無縁に自然が存在していることを示すことにもなった。

野間宏が現代小説の人称や視点についていうとき、フローベールの内在的方法に対比して、若きジャン＝ポール・サルトルの『モーリアック氏と自由』(*M. François Mauriac et sa liberté*, 1933）を念頭に置いていることは、彼の『サルトル論』（一九六六）の最初の一章に明らかである。若きサルトルは、モーリアックの『小説家とその作中人物論』（*Le Romancier et ses personages*, 1933）などに示された方法の曖昧さの一つとして、登場人物の「内的独白」が、三人称視点から判断されていることがあることを指摘し、作家は創造主の視点を降り、内的独白にせよ、描写にせよ、視点人物の立場に限定すべきだと主張した。たとえばモーリアックの『夜の終わり』(*La fin de la nuit*, 1935) のなかから「彼女は自分のうそを意識せざるをえなかった。しかし彼女はこのうそに安住し平然としていた」という一節をあげて、作者がいわば神の視点から人物像を作っていると指摘している。この指摘はのち、第二次世界大戦後。一九四五年一〇月、サルトルのパリでの講演「実存主義とはヒューマニズムである」(L'existentialisme est un humanism) の冒頭で「実存は本質に先立つ」(l'existence précède l'essence) と宣言し、実存主義の概念をキリスト教神学のみならず、世界の本質を措定する観念論一般に対するものに置き換えたことにも、さらには唯物論への接近にも繋がってゆく。

ここで野間宏の「全体小説」の概念についてもふれておこう。野間は、その出発期に小説における人間像の提示の仕方をアンドレ・ジィドの作品を検討して「魂と社会と肉体の結合」(一九四七、『新日本文学』六月第七号) と説き、「サルトルの小説論と想像力論」(一九六七) で、それを登場人物の「心理と肉体と社会性の一元的統一」を目指すことにより、「作中人物の自由と作者の想像力のぶつかり合い」が生じると定式化した。登場人物の意識のリアリズムを追及してゆくと、作家の意図の支配から外れてゆき、想像力の展開のなかで「ぶつかりあい」が起こるといっている。それが彼のいう「全体小説」の方法だった。高橋和己のいう登場人物に対する作家の愛憎とやや似ているが、感情の問題ではない。

野間宏の用いる「全体小説」の語は、サルトルの"roman total"を借りていることは、その『サルトル論』（一九六六）に明らかだが、実際のところ、サルトルは、その語をジェイムズ・ジョイス『ユリシーズ』(*Ulysses*, 1922) で、神話のストーリーを下敷きに、対話や会話、幻想や神秘的瞑想、自動筆記の手法、歴史的過去の再創造や思索の演劇化や抒情詩化などなどのスタイルが総合的に用いられているという意味で用いており[8]、その間に齟齬があったが、それは野間宏が表現形態に意識的でなかったからではない。野間宏『青年の輪』に、たとえば単行本で二頁くらいにわたる接吻の場面があるが、これは映画のスローモーションを意識のリアリズムに応用した、独自の表現の開発だった。

中村真一郎は、戦後、それほど経っていない時期に、志賀直哉の『暗夜行路』の最後、視点人物が時任健作から、その妻に入れ替わることを問題にしていた。語り手が人事不省に陥っているのだから、その最期を書こうと思えば、看取る者の視点に転換して語るしかないのだが、いまにして思えば、それは『モーリアック氏と自由』におけるサルトルの提起を踏まえて、一人称視点に徹していないことを問題にしようとしたのではないか、と想われる。

中村真一郎『現代小説の世界—西欧二〇世紀の方法』(講談社現代新書、一九六九)は、二〇世紀の欧米の小説の方法の革新のおよそを概説し、フランスのヌーボーロマンにふれたのち、その最後に、フィリップ・ソレルルス『公園』(*Le Parc*, 1961)とルイ=ルネ・デ・フォレの『おしゃべり』(*Le Bavard*,1946)を対比し、ストーリー性の破壊の方向に向かう方法を論じ、またソレルスの『ドラマ』(*Drama*, 1965)はジィド『贋金つくり』を「この小説を書く小説」にまで発展させていることを示唆するなど、斬新で啓発的な仕事だった。だが、一般向けの連続講演を編集者がまとめたもので、たとえば〈序・小説の方法とは何か〉で、一九世紀の小説の方法を完成させた作家としてフローベールをあげ、それに対してプルーストとジョイスが徹底的に批判してそれぞれの方法を開発したと述べている。

フローベールを小説の方法を意識的に追求し、対象に即して書くことを追求した作家と見るのはよいとしても、オノレ・ド・バルザックとエミール・ゾラのあいだに置いて、その方法を、神の視点に立つ「客観的リアリズム」と称して済ませているのは、今日から見ると、粗漏にすぎるといわざるをえない。プルーストが徹底的に逆らったのは、サントーブーブであり('Contres Sainte-Beuve')、その反撥の仕方には、先にふれたフローベールのサントーブーブ批判と一脈通うところもあったことなどについても言っておかなくてはならないだろう。

あるいは、実のところ、中村真一郎自身、神の視点を完全に捨てているわけではない。『死の影の下に』五部作は、城栄の見聞の範囲外で進行した登場人物たちの命運を書いた外編と称する中篇二つ「檻」「雪」をもっている。城栄の一人称視点のうちに入らなかった物語の展開を作家が放置することなく、主要登場人物のそれぞれを視点人物として、いわば一部始終を示していることになる。このような方法をとることによって、語りに意識のリアリティーを保証しながら、作品の時空の創造者という作家の地位も給っていることになろう。この制作態度は比較的晩年の『仮面と欲望』四部作(一九九二〜九六)でも変わりない(後述)。これもまた他の日本の現代小説には類例のない特徴である[9]。

中村真一郎はその書で、「全体小説」を野間宏とほぼ同じ意味で用いている。中村が人間の全体性を意識のリアリズムとその分析によって追究していることは「人間精神の諸領域の研究」シリーズなどにも顕著に見られ、野間宏と互いに了解しあう仲だった。それはのち、中村真一郎『冬』(一九八四)をめぐる野間宏の書評にふれる機会に明らかになるだろう。

また、小説を書く小説もソレルスの『ドラマ』が究極のものではなかった。日本では、先に触れたように石川淳や太宰治らが饒舌体と併せることで、すでに「この小説を書く小説」形態を開拓していた。最近では、アメリカのデイヴィッド・ゴードン『二流小説家』(*The Serialist*, 2010) のように、安手のシリーズもの作家が巻き込まれた事件に翻弄されながら、それを小説に書いてゆくミステリーに展開した。中島京子『夢見る帝国図書館』(二〇一九) も帝国図書館が蓄積していた記憶をファンタジーに展開し、「夢見る帝国図書館」という小説の構想を語り手にもたらした老婆の謎を解くミステリーじかけと二重構造をとっている。

8 「私小説」をめぐる論議の混乱

一九六〇年代末、中村真一郎が『現代小説の世界―西欧二〇世紀の方法』が西欧一九世紀の「客観的リアリズム」の実際へ踏み込むことなく、二〇世紀の前衛的な小説方法の開拓について啓発的論議を展開していたことは、当時の日本の文芸ジャーナリズムにおける小説の方法をめぐる論議の水準をよく反映していたともいえよう。先に三島由紀夫が担当編集者の坂本一亀に宛てて、『仮面の告白』を文壇的な意味での「私小説」ではなく、告白には仮面(虚構)が伴なうにせよ、自分の場合は「肉付きの仮面」だといったことにふれておいた。いずれにせよ、「私小説」は「仮面の告白」にほかならないという理解だった。

それに対して、高橋和己は日本の「私小説」を前近代的と見なしていた。こちらはロマン主義を近代的とする立場から、「私小説」を狭い文壇の前近代的な精神風土によって歪んだ「自然主義」のように論じた中村光夫『日本の近代小説』(岩波新書、一九五四)などの議論もはたらいていよう。これは、明治期における自然科学の受容や、明治末期の「自然主義」文学の流行——それを標榜した作家の間にまったく「自然主義」について共通理解がなかったにもかかわらず、人間の本性を性欲と見る思想のようにジャーナリズムで喧伝され、すぐに廃れた——によって、対象的自然の概念がはじめてつくられたかのように考えた戦後の風潮に対抗しようとしたところに倒錯の根がある。

とはいえ、これも、それなりの前史をもっている。一九二〇年ころ、宇野浩二が、志賀直哉「城の崎にて」(一九一七)のように主人公=語り手の人物造形をせずに、出来事についての作家の感想を直接語る形式は小説とは認められないと指弾していたものの(実際、イギリスならエッセイに分類される形式で、日本でも随筆と入り混じって展開した)、のち「『私小説』私見」(一九二五)で、それを極めて特殊な「私小説」と認めて「心境小説」と呼び、芭蕉の世界に寄せて論じたことや、横光利一「純粋小説論」の提起に対して(後述)、小林秀雄が「私小説論」(ともに一九三五)で、「私小説」の問題は小説技法より精神風土の問題だとして、「私小説」の隆盛は実証主義が浸透せず、〈要らない肥料が多すぎた〉と日本的精神風土の問題と論じ(俳句の伝統のこと)、これが中村光夫の戦後の議論に響いたのである。さらには「心境小説」の隆盛を「自照文学」ととらえた池田亀鑑によって『平安女流日記文学』(一九二七)という新ジャンルが発明されると、逆にそれを「私小説」の淵源のように見なした舟橋聖一「私小説とテーマ小説」(一九三五)などが重なった(「日記文学」は南北朝期の「竹むきが記」を最後に途絶えるが、明治期までの空白を『奥の細道』など紀行文で埋める見解が今日でも行われている)。

そして横光利一「純粋小説」論は、アンドレ・ジィドが長篇『贋金づくり』(*Les Faux-monnayeurs*, 1925)で、作家の立てている小説の構想が彼の日常生活によって変化してゆくさまを書いていること、またジィドがドストエフスキーが偶然性を多用していることを論じていることを参照して、「純文学」(ここでは「私小説」の意味)にして、偶然を導き入れ、意外性に富んだ「通俗小説」（風俗小説に同じ）の形態を「純粋小説」と呼び、また語り手とは別に作家自身が直接、世界観を開陳する「四人称」なるものを提起するものだった。

ジィドは、早くも一九世紀のうちに、小説の草稿と日常生活とが併行して展開する『パリュード』(*Paludes*, 1895)を試作しており、その小林秀雄による翻訳は一九二八年になされていたし、ライナー・マリア・リルケがパリでの感想断片をまとめた『マルテの手記』(*Die Aufzeichnungen des Malte Laurids Brigge*, 1910)は一九三四年に堀辰雄が詩誌『四季』に翻訳連載を開始するなど、作家の意識の上に成り立つ西欧二〇世紀小説の新しい試みの紹介も進んでいた。

そして一九三五年五月には、石川淳「佳人」、太宰治「道化の華」という二つの「この小説を書く小説」が登場した。石川淳の場合は、自我の壊乱に見舞われた知識青年の内面をを自己戯画化しながら、書き付けたことばが次のことばを生んでゆくような形態をとった。折から左翼からの転向が雪崩を打って進行する季節に、たとえば中野重治は、翌年、小説を書こうとしても収拾のつかない心理状態を短篇「小説の書けぬ小説家」（一九三六）に書いたのだった。太宰治の場合は、「葉」（一九三四）に旧作「哀蚊」を引用し、ノート断片なども散らし、茶碗にたくさん浮かぶ茶の泡に映る自身の顔に喩えたことを皮切りに、草稿断片からストーリーが展開したり、来簡を編んだりと多様な形態の自画像を描くことを試みていった。また永井荷風が一九三七年に『東京朝日新聞』に連載した『濹東奇譚』は、荷風を彷彿させる作家が玉の井の私娼と馴染みになり、別れるまでのいきさつを書くが、彼が書いている小説「失踪」が小説の途中で失踪してしまうのは、『贋金づくり』のパロディーを想わせよう。これら海外の作品の紹介を含め、作家の体験談が実にさまざまな形式で書かれる動きは、そのとき、その場に限らない想像を挟んだり、架空の設定で作家自身の経験を語ってみせたりするものなど、実に多彩な「私小説」形式の展開を促した。

このように見てくると、中村真一郎の戦後発表の「二つの手帖から」（『近代文学』一九四七年一二月号。のち「転生」）では、戦中に狂気に見舞われ、自殺した若者のノート断片を編んだ形式がとられ、また他の短篇も断片の羅列的なスタイルが多いことなどには、一九二〇年～三〇年代のモダニズム小説の隆盛期のそれを受けていることが了解されよう。そして『死の影の下に』五部作で、第一部では記憶のはたらきを自己分析する叙述を重んじ、第二部『シオンの娘等』では語り手のノートや書簡を駆使し、第三部『愛神と死神と』では城栄の日記体、第四部『魂の夜の中を』では視点人物を目まぐるしく変え、また第五部『魂の夜のなかを』では、同じ日に主要登場人物に進行する事態を併行して書くなどさまざまスタイルを用いて長篇を紡いだことにも、一九三〇年代後半からの私小説スタイルのさまざまな試みから示唆を受けていたことはまちがいないだろう。

中村真一郎は、リルケ『マルテの手記』やジィド『贋金づくり』や「ノートの出てくる小説」と見ていたが、それはしかし、一九三五年頃の石川淳や太宰治らの「小説を書きながら小説を進展させてゆく作風を意識したものではなかった。なぜなら、中村真一郎らが第一高等学校の講演会に横光利一を招いたのは、「純粋小説論」ののちのことだったが、その後、中村真一郎は東京帝大文学部フランス文学科の学生のとき、堀辰雄に師事し、堀が親炙していたリルケやプルーストに接近していったという成り行きだったからである。堀辰雄が意識のはたらきを書くことに向かう芽は、早くも彼の東京帝大国文科の卒業論文「芥川龍之介論―芸術家としての彼を論ず」(一九二九) に見てとることができる。それは、当時の大かたの批評に逆らい、芥川龍之介が晩年、狂気の意識を内在的に記したヨハン・アウグスト・ストリンドベリイに示唆を受けて「歯車」(一九二七) などに向かった仕事に頂点を見る姿勢を露わにしていた。それに学んだ中村真一郎の場合、意識のリアリズムへの関心が先行していて、それを語り手が分析するためにだけ、そのノートを作中に導入するのである。中村は自身の姿勢を「形式主義」と呼ぶが、その含意の一つには、あらかじめ構成された世界を実現してゆくことを含んでいると想われる。いわば即興的にペンの先からあふれ出ることばがことばを生んでゆくかのように文章を展開する書き方はとらない。とめどなくペンが走ることを警戒しなくてはならないのは、語り手の意識の変容を書き留めるためには、作家自身の意識の動きに予め方向を与えておかなくてはならず、ディテールの変更はあっても、形式枠がなくてはならないという関係であろう。

9　中村真一郎と能

中村真一郎「史の影の下に」五部作には、一か所だけ、実在の人物が実名で登場する。『シオンの娘等』〔29〕で、城栄が高市清から能の切符をもらい、能楽堂で「経政」を見る場面に、『暗夜行路』の作者、志賀氏が登場する。〈西洋人のように洋服がよく似合う、姿勢のよさ〉がいわれている。小説中に実名を登場させるのは欧米でも中国でもまずないが、日本では徳田秋声が近親者を実名で登場させたことが知られる。草稿や書簡類を用いて「私小説」形式の多彩化を図った太宰治は「狂言の神」（一九三六）では、自ら描写を禁じ、深田久弥を実名で登場させていたが、『シオンの娘等』の場合は、九段の能楽堂、そして志賀直哉という固有名詞を出すことは、作品の時空のリアリティーを実際の年代と場所に繋ぎとめる役割を果たし、一九四一年四月一三日、日ソ中立条約締結ののち、五〜六月のこととして書かれており、第三部以下の戦時下の時局とともに進行するストーリーと繋げる役割を果たしていよう。

ただし、観世栄夫『華より幽へ 観世榮夫自伝』（白水社、二〇〇七）中の回想では、戦時下、志賀直哉は銕仙会の公演をよく観に来ていたとある。『シオンの娘等』の能楽堂の記述は、あるいは実際の時と場所、演目と異なる可能性があるかもしれない。この演目のシテの平経政は、琵琶に長じた公達で、その魂魄が供養の法事に誘われ出ても、修羅の姿を見せることを恥じて、自ら灯火に身を投げ消える。これは時局にふさわしいものとはいえず、この選択には城栄の心境を示す役割を負わせている可能性が否定できない。

そこには〈能はフランス古典劇は勿論ギリシャ劇にも優って、極度に単純化された装置を前にして、此岸と彼岸とを、生と死とを、形而下と形而上とを一つに集中して表現する〉という西洋古典の専門家、城栄の「教養」が記されており、城は、その深き感興にうたれ、世俗を離れるために、三年ぶりに高原に身を移すからである。

一九〇八年、元大名家に秘されていた世阿弥の能楽書が地理学者吉田東伍によって公表され、それまで「国文学史」では、僧侶の手になるとされていた能の研究が進展しはじめた。日本の洋楽の振興に尽くしたフランス人宣教師ノエル・ペリが「特殊なる原始的戯曲」(『能楽』一九一三年七月号)で、能を多神教世界の宗教芸能を呼ぶ「表象主義(サンボリスム)」と規定し、以降、ギリシャ劇などとの比較も進んだ。とりわけ夢幻能では、戦場で殺戮を繰り返した武将や殺生を生業とする鵜匠の亡霊が現れ、場面が転じて、生前の姿で舞う展開が、生と死の時空を超える演芸と評されるようになっていた。一九三五年前後に「侘び・寂び」や幽玄の中世美学をもって「日本的なるもの」とする風潮が高まり、世阿弥の「幽玄」も注目を集めた。新作能の機運も起こり、石川淳の長篇『普賢』(一九三七)は、その一端を取り入れている。ただし、石川淳は、能は室町時代に完成したもの、新作はその破壊にしかならないという見解だった(「能の新作について」一九三七)。

中村真一郎が戦後、初期五部作を一年一冊、刊行する合間に文芸雑誌に短篇を相次いで発表していったこと、それらに五部作中の記憶の変容の小テーマの変奏やモダニズム風の断片構成の作品が多いことなどは、すでにふれた。初期五部作とその外篇の刊行を一九四八年で終えたのち、翌一九四九年に書き下ろした長篇小説『夜半楽』のタイトルは、雅楽から採られている。唐の玄宗の作とされる曲で、九世紀、宮廷の夜の宴の席から参会者が退出する際に奏せられたと伝えられる。戦後日本の三〇代の銀行マンを主人公＝視点人物とし、彼の高等学校の恩師の死去とともに、かつての女友達とその教授の娘が彼の前に姿を現し、学生時代に見舞われた激情の記憶が蘇り、その娘がもたらした恩師の手記から彼が翻弄された四角関係の一部始終を知るに至り。そのドラマの余波が完全に消え失せるまでを追う。対米英戦争以前に舞台をとり、よく構成された壮年と青年男女のあいだの恋愛心理ドラマという趣の作品で、これにより、中村真一郎の文壇的地位も安定したと想われる。

そして、一九五〇年の短篇に能のテーマが現れる。「デモンの孤独」（一九五〇）がそれで、冒頭、人間の想像力が孕む神々や妖精、ミトスへの郷愁をテーマに掲げてはじまるが、主人公は酒呑童子を退治したことで知られる源頼光を主人公に、その引退後の老齢の心境を語る。かつて鬼を信頼させ、酒を酌み交わし、酔わせて打ち取った自分たちの知恵が、それと変わらぬ知恵によって己が失脚させられたと悟り、鬼が最後まで失わずにいた汚れのない真心、それを裏切ったことを悔いる。作者は失脚させられた頼光の孤独と滅ぼされてゆく者の孤独とを重ねてみせたのである。

作家は鬼、すなわち日本のデモン退治を仏教による異教排撃の思想によるものとしているが、謡曲「大江山」では、酒呑童子（シテ）がもともと住んでいた比叡山を追われたと語っている。そして、全国を流浪したのち、故郷と都が忘れられずに〈都に程近い山を隠栖の場と決めることになった〉とし、それを伝説の丹波の大江山でも伊吹山でもなく、老いの坂のある大枝山としている。謡曲で酒呑童子は「都のあたり程近き　この大江の山に籠り居」るといい、「丹後丹波の境なる。鬼が城も程近し」などと語るところからの推測である。これは、いまではほぼ定説に近くなっているが、この時期にこのように唱えた人は、まだいなかったと想われる。そして邪心のない鬼は〈人間たちの歓楽を眺めることで、その幸福に関与たかった〉のだが、〈時には、女の移り香などに酔い痴れたように立ち尽くし、人間にその空けた姿を見現わされ、それか、この魔物が、夜な夜な都大路に現れて、女を奪うい云うような、恐ろしい流説のもととなった〉と説いている。この素直で邪心のない鬼のイメージは、かつて堀辰雄が『大和路・信濃露』

のなかで、次のように語っていたことを想いおこさせよう。

日本に仏教が渡来してきて、その新しい宗教に次第に追いやられながら、遠い田舎のほうへと流浪の旅をつづけだす、古代の小さな神々の侘しいうしろ姿を一つの物語にして描いてみたい。

折口信夫の『源氏物語』論や民俗学に親しみ、『死者の書』の雑誌掲載版を読んで大和路を旅した堀辰雄の胸に宿った、それは夢だった。堀はそれを果たせなかったが、「デモンの孤独」は、戦後、折口信夫とも交流があった中村真一郎がその師の夢を実現した作品といってよいかもしれない。そして、この短篇は〈これが、その生涯の終りに、嘗て己れの倒したデモンの、一身に荷っていた孤独を、突然に理解するに至った、老いたる英雄の物語である。人間の想像力が、ミトスの世界から脱却し始める、最初の頃の物語である。こうした話は、我々の中世末期の宗教的な演劇、能楽の中に、幾つかその永遠の面影を停めている。……〉と結んでいる。

「デモンの孤独」は『女性改造』四月号に掲載されたが、翌月『婦人画報』に寄せた「魔女の愛」も一種のメルヘンで、古代の奈良の都の春、丘の上に若い女に変身し降り立った魔女が士大夫の若者を恋するが、退けられる話。『礼記』大学篇から「修身斉家治国平天下」が引かれ、若者の志を駆り立てはするが、実際に魔女を追い払うのは見知らぬ神が現れて刃を閃かせるのは、いかなる寓意を潜めているのか。特定の能も伝承も下敷きはなく、考証からも自由に離れ、魔女が妖精たちを引き連れているところなど、ギリシャ神の趣きも匂う。これは文芸色の強くない掲載誌の性格によるものだろう。

その翌月、『新女苑』五月号に掲載された「情熱の幸福」は、図書館の司書で、昼休みに公園の池の傍で独り空想の世界に遊び、〈心の底に眠っている、もっと生き生きした私を取り戻す〉時間をもつことを歓びにしている、いわば観念論の世界に生きている男のはなし。途中「お前が世界を見たいなら／眼をお閉じ、露ズモンドよ」というジャン・ジロドゥの『シュザンヌと太平洋』から引かれてもいる。[10]

彼はあるとき、いつか能舞台で見た〈時間を超越した老人〉に想いをはせる。場所は〈九州のある離宮だ、と地謡(合唱隊)が継げていたような気がする〉と彼は思い、〈庭師かなにかの老人〉が池の傍から管弦の遊びをする〈貴女〉を垣間見て恋に狂い、〈喜劇の主人公〉となつた話とあるので、彼の見た能は筑前の国の皇居を舞台にした「綾鼓」と知れる。老人の懸想を知った女御から老人は鳴らない鼓を渡され、その鼓の音が池面を伝って聞こえたら、姿を見せようと誘われて、恋の妄執に取り憑かれた老人が女御を一目見たさに鳴らない鼓を打ち続け、嘲られたことに絶望して池に身を投げ、怨霊となって女御に復讐する話である。

ところが、この司書の男は、庭師の老人は自分と同じように〈自己脱却による魂の平和を求めていたにちがいない〉と想い、だが、〈彼は、「永遠が遂に彼を彼の本質に変形する」に先立って、自らを悲劇の主人公にすることを選んだ〉と考える（「永遠が～彼の本質に変形する」は、マラルメ「エロディアード」詩篇の中の一句のようだ）。また、老人に鳴らない鼓を渡したのは、侍女どもが退屈を紛らすための戯れにしたこととストーリーを読み替えてもいる。職場へ帰り、かつて同僚が、その謡曲を下層民の支配層への執念の恐ろしさをうたったものと解釈していたことを想い出すが、その会話は〈僧侶階級は、又、支配階級の不安を、宗教的に解脱させ、怨霊を信仰によって成仏させて救う、という風に解決してやったんだだな、しかし、現代の我々には、断じて……〉と続いていた。作者は左翼人民史観の典型的な解釈を掲げて、この司書の観念論的解釈を相対化してみせる。

だが、謡曲「綾鼓」は、老人の怨霊が離宮の庭の池を赤い血の色に染めるすさまじい復讐劇で終わっている。怨霊が成仏するのは、世阿弥が「綾鼓」を改作した「恋の重荷」の方で、こちらは、女御が課したのは、とうてい持ち上がらない重さの「恋の重荷」を背負って庭を百回も千回もまわることだった。老人は試みて力尽きて死ぬ。女御と臣下は老人の死を悼むが、怨霊は女御の体を動かなくして恨みごとを浴びせる。しかし、最後は悪心を翻して女御の守護霊となって姿を消す。世阿弥は当代流行の「煩悩即菩提」の考えに染まっていた人で、その考えによって改作したのである。

「司書の男と同僚とでは見た演目がちがっていた。「恋の重荷」は、白河院の御所が舞台で、老人はその召使と設定がちがう。池も出てこない。作家は、このちがいを表に出さずに、最後、司書の男の考えを、老人が鼓を打ち続ける情熱、その祈りに似た純粋さにおいて幸福が探り当てられていた、というところに落着させている。それがタイトルの由来である。

なお、中村真一郎はのち、「恋の重荷」（一九六一）という中篇小説を書いているが、これは妻子ある主人公＝視点人物が恋によって二重生活を強いられ、追い詰められてゆく過程を書いたもので、タイトルだけ謡曲から借りている。

これらの短篇が書かれた一九二五年、中村真一郎は初期五部作の第三部『魂の夜の中を』を三回に分けて『人間』一月号、『群像』四月号、『文藝』六月号に分載し、書き足して翌年六月、河出書房より刊行している。

10 三島由紀夫『近代能楽集』より

三島由紀夫は、芥川龍之介「地獄変」の歌舞伎化を手掛けて以降、明治から昭和初期までの新歌舞伎より遡って、江戸時代の様式を模した独自の「三島歌舞伎」と異名をとる新作歌舞伎六篇を遺したことも知られるが、それとは別に、能（謡曲）にヒントをえたモチーフによる対話中心の新劇台本を最終的に八作書いた（近代能楽集）。海外でも重ねて上演されたことは広く知られている。三島自身『近代能楽集』（一九五六）「あとがき」で〈能楽の自由な空間と時間の処理や、露《あら》はな形而上学的主題などを、そのまま現代に生かすために、シテュエーションのはうを現代化したのである〉と述べている。そして、三島はこの日本に独自の宗教的詩劇から〈形而上学的主題〉を取り出し、謡（声楽）も囃子（楽曲）も取り払い、を対話中心の新劇に仕立てなおした。

先にもふれたが、多くの夢幻能では、ほとんど単なる空間に近い舞台の上で、霊魂が語る場面が前世の場面に入れ替わる。いわば時間の進行は逆転するわけで、それらを併せて三島は〈自由な空間と時間の処理〉と読み替え、その〈形而上学的主題〉として、アイロニカルな生と死の葛藤と反転を駆使しやすい曲目を選んで、歿後と前世に限らず、時空を自在に展開したのである。それは同じく舞台に現代人を登場させでも、離島を舞台にした「潮騒」(一九五四)のような作品を別にすれば、戦後の当代風俗のリアリズムを守る彼の現代小説より、はるかに自由に想像力を発揮しうるジャンルになった。

一九五一年の作品に「綾の鼓」がある。ビルの三階にある法律事務所で働く老小間使・本田岩吉が真向いのビルの同じ階の洋裁店を訪れる客・華子に懸想し、恋文を一〇〇通、届けつづけ、彼女の取り巻き連中から、この鼓の音が窓越しに届けば華子が想いを叶えるという手紙を添えて、鳴らない鼓を渡される。岩吉は鼓を打つが連中から嘲られ、悪戯を仕掛けられたことを知って、ビルから身投げして死ぬ。一週間後、岩吉の亡霊が華子を呼び出し、鼓を打って聞かせる。だが、それをあばずれ女の華子は「聞こえません」と無視し、九九回打ったところで亡霊は諦めて消え去る。読り残された華子は「「あたくしにもきこえたのに、あと一回、打ちさえすれば」とぽつんと言う。

そのモチーフは、愛される女が亡霊さえも誑《たぶら》かす驕慢さを突き出すことに尽きている。

それはよく伝わる。原作の亡霊のもつ宗教性を徹底的に換骨奪胎する着想には驚かされる。華子のセリフ、鼓をあと一回打てば、は美人で知られた小野小町が懸想した深草の少将深草の少将に百夜通えば願いをかなえると約束したが、少将は九十九夜通って歿してしまったという伝説を踏まえたもの。

さて、そこで、海外の観客を含めて感心を誘ったとされる三島の「卒塔婆小町」だが、「綾の鼓」の翌年、一九五二年の作だった。先の深草の少将の百夜通いの伝説を題材にした観阿弥の作。舞台は乞食の老婆（シテ）が朽ち木の卒塔婆に腰かけているのを、高野山の僧の一行（ワキとワキツレ）が見とがめ、諭そうとするのに対し、老婆が仏の慈悲はもっと深いものとやり返すことに始まり、ただものではないと感じた僧とやりとりするうち、老婆が和歌を詠んで小町の正体を示し、老いさらばえた現在を嘆くうち、取り憑いていた少将の魂魄が暴れ出して百夜通いの様子を狂乱して舞わせる場面を頂点に、狂乱から醒めた小町が少将の供養を行うのが人の道と悟って終わる。原作の芯をなすのは、言い寄ってきた男を愚弄して死なせた女が、その罪を悟るまでのストーリーだが、醜い老残の姿を晒している老婆が、かつて美貌と和歌の才能を誇った小野小町だったという現在と過去との対照性と、もう一つ、老婆の狂乱の舞に、小町にとりついた深草の少将の魂魄が現れる二重性とで組み立てられている。すでに「煩悩即菩提」は天台教学に満ち、『梁塵秘抄』が狂言綺語こそ真言《まこと》に通じる道とうたうように芸能もまた真言という二つの逆説的な原理によって裏打ちされた世界であってみれば、その間の論理をいかようにも変奏しうるような装置だったともいえる。

　三島は、その舞台を現代の夜の公園でモク拾いする老婆と詩人を登場させ、かつて鹿鳴館の舞踏会で美貌を誇った女と、彼女を見染めて、恋情を訴えられるなら命は惜しくないとまで想い染めた参謀本部の少将とが八〇年後に蘇って対話する場面に移しかえている。三島由紀夫の自作解説には〈小町は、「生を超越せる生」、形而上学的生の権化である。詩人は肉惑的な生、現実と共に流転する生の権化である。小町には、決して敗北しないといふことの悲劇があり、詩人には、浪漫主義的な、「悲劇への意志」がある。二人の触れ合ひはこの種の誤解と、好奇心と軽侮をまじへた相互の憧れに基いてゐる〉（「卒塔婆小町演出覚え書」『新選現代戯曲5』河出書房、一九五三）とある。

　つまり三島は、深草の少将の九十九夜通いに、己れの命と引き換えにしてもよいという恋情の「悲劇への意志」を仮託し、原曲の朽ち木の卒塔婆に腰掛ける老婆に永劫の若さを誇る驕慢さを見て取り、それに「生を超越せる生」を仮託して、夜の公園で身を寄せあう若い恋人たちなど現世の偽物とうそぶかせているわけだ。そうだとすると、ここでも謡曲の「卒塔婆小町」の仏教色は完全に払拭され、三島自身の反語的芸術論の象徴劇に仕立て直されていることになる。つまりはここでもなされているのは、中世の宗教芸能の破壊である。その意味では、三島由紀夫『金閣寺』の犯人が浄土を具現した金閣寺の美を滅ぼして己れの生を求めうるとしたのと大差ないことが行われているともいえよう。

そして、この小町の永劫の驕慢は、先の「綾の鼓」の華子の驕慢の拡張にほかならない。岩吉の亡霊は九九回鼓を打って退散してしまったが、華子の最後のセリフは、聴きたかった百回目の音を聴けなかった無念を曝け出していたことになる。岩吉の亡霊が退散せず、百回目を打っても、さらに「あと一回」「あと一回」と待ちつづけてこそ、愛される女の永劫の驕慢さといえよう。

だが、そうであるなら、岩吉の亡霊は、次のように一人ごちることもできるだろう。「ええ、わたしもただただ鼓を打ちつづけていたいだけなのです」と。中村真一郎「情熱の幸福」のモチーフをここに呼び出してみたのだが、岩吉がこのように返せば、老いらくの恋の永劫回帰の形而上学が完成しよう。そこに、ついに終わらない芝居ができあがる。

いや、亡霊の恋は終わらなくとも、終わらない芝居はない。呆れた観客の最後の一人が席を立てば、華子も岩吉も時空を超えた演技を終えて役者の身体に帰り、三島由紀夫『近代能楽集』のパロディー劇の幕はひっそりと降りるはずだ。

11 いかなる者として死ぬか——三島由紀夫の場合

三島由紀夫『春の雪』『奔馬』(ともに一九六九)『暁の寺』(一九七〇)『天人五衰』(一九七一)の全四巻からなる『豊穣の海』四部作は、西洋近代とは異なる「世界解釈の小説」を目指して輪廻転生の物語を紡ごうとした。日本文化の伝統を承けた作家として世に残す最後で最大の仕事を目論んでいたことはまちがいないだろう。輪廻転生を軸として展開する『浜松中納言物語』(一一世紀半ばの成立と推定)には、唐を舞台にした部分が長くつづく。それに倣って、第三巻の第一部はタイとインドに舞台をとり、本多の仏教思想への傾倒、第二部は、日本人の生まれ変わりというタイの王女を主人公に、その女性同性愛をのぞき見するシーンなどもちりばめている。各部ともテーマと主人公、スタイルもたがえた、一種の総合小説の計画だった。ただし、輪廻転生の観念は、本多繁邦という全巻を通して登場し、それぞれの主人公とかかわる人物の脳裏に、脇腹の三つの黒子を目印に物語が運ばれるしくみにほかかならなかった。

生まれ変わりの考えは、世界各地に展開し、東洋に特殊なものではないが、とくに血縁間のそれが強い。インド哲学は生命の輪廻転生からの解脱を本義としており、それを受け継いだ仏教思想ももちろんそうである。そのなかに生じた一つの哲学である唯識は、そもそも脱我の状態に達するヨーガの修行を通して作られた認識＝存在論の体系であり、五官の感覚と認識の総体をいう識を併せて六識、それを消しても保持される自我の意識を末那識とし、そのベースをなして、しかし、意識に昇らないのが阿頼耶識とされる。阿頼耶識は、しばしば西洋近代、エドゥアルト・ハルトマンが『無意識の哲学』(*Philosophie des Unbewussten*, 1869) で、すべての人間に普遍的なものとして考案した「無意識」、ないしは、個人の無意識の底にギュスターフ・ユンクが想定した「集合無意識」と類比される。たとえば鈴木大拙『禅と日本文化』(岩波新書、一九四八)〈第七章　禅と俳句―俳句の詩的霊感の基礎における禅的直覚〉では、次のように述べている。

「集合的無意識」とも「無意識一般」とも称せらるるもの、これがやや仏教の阿頼耶識《あらやしき》（Ālayavijñāna）の思想すなわち「蔵識」、「無没識」にあたる。この「蔵識」すなわち「無意識」の存在は実験的に明示することはできぬが、それを定めおくことは、意識の一般事実を説明する上に必要である。／心理学的にいうとこの阿頼耶識すなわち「集合意識」をわれわれの心的生活の基礎と見なすことができる。しかし、芸術的または宗教的生活の秘密を把握するために実在そのものに到達せんと思うときには、「宇宙的無意識」となすところのものを持たなければならぬ。「宇宙的無意識」は、創造性の原理、神の作業場であり、そこに宇宙の原動力が蔵せられる。

この引用の前半、「集合無意識」と「阿頼耶識」が〈やや似ている〉としているのは、ハルトマン『無意識の哲学』は、無意識領域は人類に普遍的なものと想定されているのに対して、阿頼耶識は、個々人が親から受け継いだものとされ、係累より広く共有されるものと考えられていないからである。それゆえ唯識をベースにする法相宗では、総ての衆生を救済するはずの大乗仏教の一派であるにもかかわらず、成仏できない種の系譜というものを想定していた。鈴木大拙の場合は、阿頼耶識のさらに下層に「宇宙的無意識」なるものを想定する論理操作により、東西のちがいを突破していた。ところが、阿頼耶識とハルトマンに発する無意識とを混同したり、同一視したりする風潮が今日まで続いている。

三島由紀夫の『豊穣の海』の構想における輪廻転生は、その点、はじめから唯識とは無縁で、とりわけ第三巻で、日本人の生まれ変わりといい、松枝清顕の記憶を受け継ぐと本多が思い込むジン・ジャンが登場すると、とたんに空想物語めいてしまう。第三巻で、本多が戦中に勉強したとされる阿頼耶識は、刹那刹那の相は異なっても変転する世界そのもののように理解されており、その限りでは正しい理解だとしても、実際には、彼は敗戦後の焼け野原に立って、五官が捉えた現存世界の底にそれを感じたことになっている。本多には、阿頼耶識と無意識、ないし集合無意識とをアナロジーする考えはないので、それはそれでよい。ところが、この長篇四部作の最後は、仏教思想を担うはずの尼門跡、聡子の口から、松枝清顕など知らない、すべてはそれぞれの心次第という相対主義の世界観が告げられ、本多に、この世は空無にすぎないという実感が訪れて終わる。

第四部で作家が当初の計画を大幅に変更し、本多自身に犯罪的行為を犯させたり、その主人公、安永透に「偽物」の疑いを担わせることにしたりした。とりわけ安永透という物語の基軸を破壊する役割を果たす人物を登場させることによって、全世界が頽落に向かう構想に転じたのは明らかだが、そのような設定変更が可能だったのも、輪廻転生の観念が本多繁邦の脳裏に宿ったものに過ぎなかったゆえである。たとえ安永透が「偽物」めいていただけであったとしても、「本来無一物」、一つとして独立したものはなく、実在はみな縁で繋がっていると考え、それを超える境地として「空」や「無」を説く「東洋思想の伝統」たる仏教的ニヒリズムも、阿頼耶識の観念も、輪廻転生からの解脱も忘れられ、つまりは仏教思想から離れて、ただ空漠たる観想をもって小説は終わっている。これは、当初の物語の構想の根幹をなす考えの否定、作家にとっては物語全体の構想の破壊、自己破滅を意味しよう。

たとえば、フローベール『感情教育』が、フランス革命以降、一九世紀前半のフランス人が活きた物語を相対化し、最終的に空無化に導いたアイロニカルなしかけを、ルカーチ・ジェジが『小説の理論』(*Die Theorie des Romans*, 1920)で、幻滅に向かうロマンティシズムと呼んだが、フローベールは、その空虚に帰したはずの時間のなかに、登場人物たちにとって、たとえ愚行にすぎなくとも、青春の記憶をよみがえらせ、充填してみせている。空しい空騒ぎの季節にすぎなくとも、そこに歓びがあったという記憶が伴なうのがフローベールのアイロニカルな世界像だった。

それに比すなら、『豊穣の海』と題された四巻は、アイロニカルな世界の二元性さえも喪失したところに独創性が認められよう。おそらく三島由紀夫は、情熱の記憶さえ蘇らすこともなく物語を終わらすことに、芸術に懸けてきた自身の総てを台無しにする歓びを覚えたことだろう。その逆説の逆説は、作家が対峙しつづけたはずの疎外されきった戦後日本の風潮、そして相対主義の蔓延に、彼自身が骨絡みにされた姿を晒してみせたことになろう。いかなる者として死ぬか、という課題は、作品においてでなく、その作家という規定性において追求されていたともいえよう。

ただし、彼には、芸術のほかに残された領域があった。それは、日本文化の伝統なるものが社会党・共産党の左翼ナショナリズムの手に落ちるという危機感を示した「文化防衛論」（一九六九）の始末にかかわることだった。それは一九六〇年代後期に国際的に学生叛乱が盛んになるなかで、とくに日本において顕著になった行動ラディカリズムに煽られ、大衆社会に衝撃を与えるパフォーマンスを演じることに向けられた。「文化防衛論」では現行憲法の枠内にとどめてあったことが、その枠を超えたのは、それゆえである。もっといえば、一九六九年一〇月二一日、国際反戦デーの夜、警視庁が騒乱罪の適用をチラつかせた新宿争乱事件に煽られたからにほかならない。その夜、九時前、迷彩服に身を包んだ盾の会の小さな隊列が新宿駅東口広場の手前で立ち竦んでいた。わたしは、半ば偶然だったが、彼らを見ていた。その脇に、人ごみに紛れるように立つジャンパー姿の背の低い男の蒼白の顔は、引きつっていた。

それもあるいは三島にとっては、物語を終焉させたのと同様、己れの一切を台無しにしてしまいたいという衝動にかられたものだったかもしれない。いかなるものとして死ぬか、という彼自身のアイデンティティーに向けた問いの答えが、芸術家としてのそれではなかった。

12 いかなる者として死ぬか――中村真一郎の場合

中村真一郎の作品史において、『四季』四部作は、小説作家としていかに生きるかというアイデンティティーを懸けた探究だった。それが『冬』においてそれが集結したとき、野間宏は、次のように言いおいて、その書評「『冬』を中心において」(一九八五)をはじめている。

まことに傑作そのものと驚嘆するしかない小説が、出現した、という思いに私はひたりつづけている。これほどまでにも、以下に時が経ようとも、いささかも薄れることなく、この作品に備わっているものが、心の内深く、また同時にこの身のただなかまでも、まさに優れた芸術の内的持続力を証明しようとするかのように、浸透し続けるなどとは、これを読み終えるまで、予期することができなかったのである。

この書評は、現代でも『源氏物語』の六条の御息所のように、生霊に取り憑かれる人々がかなりいることを精神医学の現場を例証して示し、そして「宿世」という観念において、『源氏物語』とプルーストの『失われた時を求めて』を繋いだ中村真一郎の芸術家としての達成を、ジィドの『贋金づくり』やオルダス・ハックスリーの『恋愛対位法』(Point Counter Point , 1928)、また、三島由紀夫『豊穣の海』を〈はるかに越えた一種、言いがたい唐草模様のように絡み合った弁証法的な技法を備えている〉と称賛する。それは、プルーストが『囚われの女』の中で、ベルゴットについて述べたなかに、前世の因縁という観念が見えることを指摘し、それがステファヌ・マラルメの仏教受容を媒介にして『源氏物語』のそれと結びつくことをいい、さらには中村真一郎がジィド『贋金づくり』とそのなかで展開すされる「贋金づくりの日記」との関係をもよく参照していることを述べ、その最後に、ジャン・ピエール・リシャールが「構造的な透視図」について「問いゆきつつ全体化するもの」を提示していることを引用したジャック・デリダの言を引用して閉じている。

短い書評のなかで、諸要素の論理的関係も論脈の乱れをも軽んじて、野間宏は、当代の国際的な文芸の課題に応えようとする彼自身の問題意識に中村真一郎『四季』四部作がよく応え、総てを一つの「構造的な透視図」におさめていることに驚愕している。つまりは一つの全体小説の達成ということに尽きるのだろう。その驚愕のよってきたる所以は、いささか唐突に感じられるかもしれないが、野間宏自身、地球環境の変調を前にして、展開しはじめた分子生物学をうまく取り込むことができず、物理学・生物学・人間社会の関係を統合するような壮大な構図に挑戦しつづけていたことと無縁ではなかっただろう。

ここでは、しかし、プルーストにおける前世からの宿縁という観念は、あくまで比喩として語られているにすぎず、しかも「重い義務」の観念とかかわっており、ケルトの神話のなかから飛び出してくるウサギとは縁つづきでなかった。それに比して、マラルメにおける前世の観念は、必ずしも仏教のそれに限らず、仏教以前のインドの寓話の数かずのなかに彼が見出していたお伽話と類縁性が強く、それは初期の詩「窓」(*Les Fenêtres*, 1966)では、罪の意識とは逆に「美の咲き誇る前世の空」と結びつけられていた。つまり、それらは必ずしも一つの「構造的な透視図」におさまるものでないことをいっておかなくてはなるまい。

中村真一郎自身は、のち、『四季』四部作の、いわば「構造的透視図」にあたることを〈私の個人としての魂がよの大きな宇宙の魂のなかに吸収されるという、私流のラマクリシュナ的体験を造形した〉と述べている。それは慈母的な宇宙との合一体験による魂の平和への到達とも言い換えられるだろうが、そのような『冬』における宿世の観念は、『秋』で示されているように、カール・グスタフ・ユンクの分析心理学における集合無意識の概念を媒介にして、自身の父方の先祖、戦国を小城主として生きた武将の理想主義と王朝貴族の末裔のそれとを重ねることによって探りあてたものだった。その宿世の観念が先にふれたように、『源氏物語』とプルーストの世界の結び目を仮構していたことは否めない。

ただし、野間宏の書評のなかに、三島由紀夫『豊穣の海』が登場していたから、輪廻転生の観念を用いて四部作を紡ごうとしたその三島の企ては、中村真一郎が「宿世」の観念を鍵にして、『冬』を紡ぎ出したことと全く無縁ではなかったことは想ってみてもよいだろう。それを対抗的意識ということは憚られるにしても。

そして、いま、いかなるものとして死ぬか、という死に向けたアイデンティティーの構築の問題を中村真一郎作品史に尋ねるなら、そこに浮かびあがるのは『仮面の欲望』(一九九二)にはじまる四重奏四部作である。それは『四季』四部作を仕上げた作家が、そのしくみを〈裏返す〉という着想によって計画された。裏返すとは、小説の形式において一八世紀イギリスのサミュエル・リチャードソンによる書簡体やフランスのピエール・ド・マリヴォーによる回想風手記など〈小説的思考の源泉に帰ってみる〉ことであり、人生観においては、男女の主人公たちの文化的地盤の観念を奪いとり、男性主人公は、あくまでも日本の歴史のなかを、混血の女性主人公にはデラシネ的人生を、それぞれに歩ませるという構想だった。

第一楽章『仮面と欲望』は、国際的経済情報を扱う会社をリタイアした後も活躍している七〇歳ほどの男性と、財界の大立者である「会長」の愛人の一人で、会長の主催する社交クラブの運営を任されているスウェーデン人と日本人のあいだの混血の六〇歳の女性との間の往復書簡で構成されているが、社会的な地位も安定し、思慮分別を備え、身体的にも円熟した男女が互いの独立した人格を認め合い、他との性愛のことも隠さない間柄を保つことによって、性の快楽と魂の融合とを共有する親密な恋愛関係を続けている。第二楽章『時間の迷路』（一九九三）は、その二人の手記が交互に二篇ずつ展開し、それぞれの内外に起った変化をそれぞれに考察するものだが、女性は新しい性愛の関係を日本人のピアニストの少年と、イタリア人の粗野だががたくましい青年の彫刻家ともちはじめ、男性の方も、少年ピアニストに欲望を覚えたり、心身に傷を受け、極端に性に臆病な東南アジア人らしいが国籍不明の少女に惹かれる心が生じたりする。だが、そればかりでなく、彼は、日中戦争期にマルクス主義に傾斜し、検挙されたことがあり、「非国民」と自身を規定したまま、戦後も国際経済情報のデータを相手に生活の資を稼いできただけだった自分は、いかなる者として死ぬか、というアイデンティティーの可能性を探ろうと、人生を振り返ることになる。

　ここにはかつて、中村真一郎が自身の神経症とその電気ショック療法によって失った記憶を回復する試みの経験に基づき、紡ぎ出していった『四季』四部作の『冬』で獲得した王朝貴族の末裔という幻影とは異なる、もう一つのアイデンティティーの幻影が登場しているともいえよう。この七〇歳前後の男性の祖父は、幕臣だったにもかかわらず、明治期に高官を勤めた人で、その息子は日露戦争の将軍職を務めたが、その世代を私利私欲に走る者たちと感じて、むしろ左翼に走った孫の彼を憂国の士のように認めており、それゆえ彼はその庇護を受けていたことを振り返っている。だが、彼は、いまだに「非国民」のレッテルを自分から剥してはいない。そして彼は、「亡命者」のような生き方のまま終わるか、日本を捨て、いわば世界市民の一人、コスモポリタンとして死ぬことを選ぶか、という岐路に立たされている。と感じている。

作家が、このいささか単純な二者択一的な選択を登場人物に課していることに、わたしは関心を覚える。「世界市民として生きる」とは、真一郎がかつて第一高投学校のとき、片山敏彦に親炙していたころに芽生えた信条なのではないか。

というのも、その「世界市民」像は、第三楽章『魂の暴力』(一九九五)においてスウェーデン人と日本人の混血の女性への男の手紙のなかに、次のような一節が登場するからである。〈明治のはじめの日本の各界の指導者は、従来の東洋の伝統と新しい西洋の文化とを、日本において融合させ、そこに新しい「世界的な文明」を作り出す、それが新しい日本の、人類から課せられた歴史的使命だと信じて、西洋へ勉強に出掛けて行った。日本人であることが世界人である、というのが、将来の地球上における日本の唯一の存在理由であると信じたし、敗戦後の現在のぼくも同じような信念を抱いている。そして現在の経済第一主義の日本が、その理想とは正反対の方向に逸脱しているが故に、ぼくは戦時中同様、自分を「非国民」だと感じ、現在の日本を憎んでいるのだ〉。

この「明治のはじめの指導者」像は、実際には、ヨーロッパ文明へのキャッチ・アップを目論んだ段階を脱し、日清戦争後、東亜同文会の結成に動いた近衛篤麿らの白色人種－対－黄色人種のせめぎ合いという世界観をさらに超えて、日露戦争後に大隈重信らが公に唱えたものを指していよう。大隈が当初から、それを目指していたかどうかは別問題で、真一郎の実業家の父親なども共有していたと想われる。そして、とくに第一次大戦後、日本が国際連盟の常任理事国となり、国際協調路線を歩みはじめたことで盛んになったもので、真一郎が開成中学校のころ、すなわち一九三〇年代後半に身につけたものではないだろうか。

それはともかく、これに似た感想を中村真一郎は「一老人の夢」（一九九五、『死という未知なもの』に収録）にも漏らしている。自分は「魂の改革」を一生の文学的主題としてきた、その自己同一性を守ってきたと述べたあとで、低俗テレビ番組の横行を〈日本猿の王国の制覇の時の足音が聞こえてくるような気がする〉と書いて、その最後を〈旧世代の生き残りである、「非国民」の世迷いごとにはすぎなかろうか……〉と結んでいる。

ただし、作中では「自己同一性」が保持されるわけではない。第四楽章『陽のあたる地獄』(一九九六)において、男がスウェーデン人と日本人の混血の女性の生き方を〈国家に属していないことに、むしろ精神と感情の自由を味わっている〉と感じ、それを〈本来の人類を先取りしている生き方なのかも知れず、それを生まれた土地から「根こそぎ(デラシネ)にされた」として、その不安定な心を創造する自分の方が、旧い型の人類なのかもしれない〉と考えなおしもし、そして、〈実際、モンテスキューもヴォルテールもフランス人のために著述したのではなく、人類のために語りかけたので、それはニュートンやアインシュタインが人類のためにはたらいたのとまったく同じ態度であり、そこにだけ心理も正義も本来存在する筈なので〉、やがて〈その生国独特の文化伝統は人類の共通の遺産の一部となりおえるだろう〉と考えるようになってゆく。ここには、ヨーロッパ文明の普遍性を確信するフランス啓蒙主義の系譜に連なる知識人像も見える。これは、第一高等学校教授・片山敏彦らがもっていたものと等しく、真一郎も一度は感染したことがあったにちがいない。
だが、この七〇歳前後の男の自己分析のなかに、〈旧制高校の同級生で、今は文士になっている男の言うように、平安朝のモラルの「色好み」というのが、おれの性的態度に近いらしく、だからあいつはおれを「生粋の日本人」だといってからかうんだが〉という一節がはさまれてもいる。ここに言及される「文士」とは、ごく自然に読者に中村真一郎を想わせるだろう。先にふれた『私の履歴書』中〈36旧驟馬同人〉には、次のようにあった。

私は生涯をかけて、真に世界人たるにふさわしい民族である日本人の実例になろうと、二十代のはじめに決意し、それが私の深く愛する紫式部や世阿弥の日本への感謝の印しであると、その決意をもって半世紀後の今日まで揺るがずに生きた。

この信念が中村真一郎のなかで揺らいだとは想えない。が、この四重奏の作家は、この七〇歳を超えようとする男性主人公に仮託して、民族的伝統文化と世界市民性の関係の変化について、考えを巡らせてもいる。この点で、『四季』四部作と四重奏の主人公は明らかに相違している。その変化を見過ごすわけにはゆくまい。

ついでにふれておくと、この『魂の暴力』の第三章には、〈ホテルの酒場のバーテンの話〉というタイトルの一節があり、七〇歳を超した男がよく使う横浜のホテルのバーテンが、ほろ酔い気分で、ヨーロッパ系と日本人のあいだ混血の美女と東南アジア系の混血の娘と二人と交際している男のそれぞれの関係の様子を語る。バーテンに酒を勧めて話を聴いていている「お客さん」は、タイトルに「迷路」という語をもつ小説の著者である。すなわち、男と女の手記で構成された『時間の迷路』の作者、中村真一郎を想わせる。こんな「悪戯」もしかけてあるのだ。

この第三楽章『魂の暴力』の巻では、第二楽章の終わりで急変が告げられた「会長」が死去したのち、事態が急展開してゆく様子が語られてゆくのだが、その第一章は「男の部屋」と題され、バリに来ている七〇歳を超えた男の部屋を舞台に、男の内的独白を中心に進む。そこには、しかし、東南アジア系の混血の娘について、幼い頃から売春婦として働かされているあいだに受けたトラウマについて、婦人科医の診断が届けられ、また「会長」の逝去後、財団の後始末に、彼の縁戚がパリを訪れ、混血の女性の地位が不安定になっていることを告げる手紙などが舞い込み、二人の消息が告げられるしくみで進行する。

そして男の想いのなかには、欲情というものは〈非倫理的な異様さ〉を発揮するのが本質だという考えが登場し、また〈いわゆる「恋愛」というものは、愛と欲望の合成物であり、古今に恋愛小説はいずれも、このふたつの別のものを、ひとつの者として描き出している〉という感想があらわれたりする。他方で、外苑の銀杏並木で子供たちの生命に溢れる様子に自身が〈宇宙の生命の流れのなかに、自布が快く漂っているのを感じた思い出にひたったりもし、やがて彼は人間の精神が分裂しつつ重層しているという認識に至る。

『魂の暴力』の第二章は「バリの女」と題され、六〇歳くらいの、しかし若さと美貌を保っている混血女の内景と彼女をめぐる動きの進展が書かれる。日本人で将来を嘱望されたピアニストの少年、また「会長」が収集したヨーロッパ絵画の整理にかかわって登場した、たくましい身体のイタリア人の版画家との交渉は、彼女に「悪魔」についての考えを生みもする。さらには彼女に崇拝に近い感情を持つ財団職員も絡んで関係は複雑を極め、かつそれぞれの視点からの叙述が進行し、そのなかには、ベルギーのブリュッセルに移動した男について、そのホテルのボーイによる観察か挟まれるなど、性愛の関係も視点人物も多彩を極める。

第三章「逃避行」は、日本を捨て、ヨーロッパで晩年を送ることにした男の「自省録」も加わり、女との関係はもちろん、ピアニストの少年、東南アジア系の混血の少女との関係とそれについての思いが縷々開陳される。つまりは、初老というへき男と女の内的独白を軸に、それぞれに別の複数の相手との交渉をもち、性愛のかたちも多様に進展すれば、スタイルも行きかう手紙類や手記、そして第三者の視点による観察などを織り込みながら慌ただしくも多彩に展開する。

そして第四章「一族再会」は、「会長」のイタリアの別荘を舞台に、その絵画のコレクションの整理のために、男と女、ピアニストの少年とイタリア人の彫刻家、財団職員の一堂が会して滞在する場面が展開するが、そこにもメイドに雇われている農婦の観察がはさまれている。いま、第四楽章『陽のあたる迷路』で、初老の男が人事不省に陥ったのち、地中海を見下ろすイタリアの別荘で展開される大団円に向けた出来事、そしてその後の主要登場人物の行方を追って進展する事態とその方法について、あらましを紹介する余裕はないが、ともかくも、この四重奏四部作は、作家、中村真一郎が東西の文明文化論の諸相をちりばめ、かつ種々の視点やスタイルを混在させながら、おもちゃ箱でもひっくりかえしたように、性愛の諸相を過激に縦横に繰り広げてみせた連作であること、そしてその性愛の考察は、エロスとタナトスの双方に向けられていること、その意味では、『四季』四部作と並ぶ、中村真一郎の作品史上、一つの頂点をなす連作と呼ぶことを躊躇するいわれはないこと、そして、日本のエロティック・フィクション史のうえで、決して無視することはできないことも言わずもがなであろう。

そこで開陳される性愛観も文明論も、二〇世紀が終わりに近づいた日本の文芸ジャーナリズムの動向、「親しみやすさ」つまりは通俗性に強く規定されていること、その意味で通俗的な論議を繰り広げていることも否めない。ここにいう「通俗性」は、一般社会を相手取り、かつ、そこに流通することを宿命づけられている近代市民社会が生んだ小説というジャンルに特有のそれ、つまりは一九世紀のフローベールや、二〇世紀のジョイスもプルーストも囚われていたそれをいうのではなく、中村真一郎が戦後日本の職業作家として活躍してきたことが文化的基盤としては否応なくはたらいていること、かつて若いときに芹沢光次郎にいわれてという「一日五枚」のノルマ、真一郎のことばを借りるなら「肉体労働者のように」はたらいてきたことを指していっている。月刊の文芸雑誌に毎月、顔を出していなくては、作家として認められず、かつ生活も維持できないような日本の文芸サークルの在り方が国際的に異常な事態である。そうであるがゆえに、意識的な作家たちの方法は鍛えられもしたことはたしかだが、他方では、三島由紀夫のように大衆のスターの位置を獲得することを目標に置く作家、絶えずジャーナリズムの話題となり、文壇に緊張をもちらすようなパフォーマンスに一生を終えた作家を生み出しもしたが、他方では中村真一郎に、死に向かってアイデンティティーを探る態度という問題ととりくませ、自身にかつて宿ったアイデンティティーを取り出し、その行方を考えさせるような作品と取り組ませもしたのである。

中村真一郎の遺作となった『老木《おいき》に花』も、エロティック・フィクションである。鎌倉時代の作り物語で、宮廷貴族の性生活を露骨に書いた残欠の多い王朝物語を偽作し、その翻訳文に、その校訂・翻訳者がコメントを加える形式をとる。そのコメントは中村真一郎の王朝物語論の応用編とでもいえそうだが、「好色」の面についていえば、一四世紀初頭の成立とされる『とはずかたり』が奔放な男性遍歴を語るとはいえ、性技の具体に及ぶこと、時代の表現規範をはるかに超えていよう。どこか、もう、ハメを外してよい、という判断がはたらいていたように想えてならない……。

【注】

(1) 中村真一郎『私の履歴書』ふらんす堂、一九九七、〔38演劇と映画の可能性〕を参照。
(2) 鈴木貞美『鴨長明—自由のこころ』（ちくま新書、二〇一六）〔第六章〕を参照されたい。
(3) 鈴木貞美「三島由紀夫、その影と響き—評価・受容史のためのスケッチ」三島由紀夫論集『三島由紀夫の時代』勉誠出版、二〇〇一を参照。
(4) 曾根博義「フロイトからジョイスへ」（一九八八）など参照、曾根博義『伊藤整とモダニズムの時代—文学の内包と外縁』花鳥社、二〇二一所収。
(5) 鈴木貞美「保田与重郎『近代の終焉』—「近代の超克」思想の展開における位置」呉京煥・劉建輝編『日本浪曼派とアジア』晃洋書房、二〇一九を参照。
(6) 鈴木貞美「高橋和己に誘われ—『悲の器』『堕落』「六朝美文論」とその周辺」太田代志朗・田中寛・鈴木比佐雄編『高橋和巳の文学と思想—その〈志〉と〈憂愁〉の彼方に』コールサック社、二〇一八を参照。
(7) *Flaubert Correspondence, tome III*, Etablie et anotée par Jean Bruneau Bibliothèque de la Pléiade, Paris, Éditions Gallimard, 2007, p.575. 久保田斉也『ギュスターヴ・フローベール「感情教育」論—実定的視線のもとで』（早大学位論文二〇一七）を参照。
(8) Bernard-Henri, Lévy, *Le Siècle de Sartre*, Grasset, 2000, p.119、鈴木貞美『「死者の書」の謎—折口信夫とその時代』作品社、二〇一八を参照。
(9) 鈴木貞美『戦後文学の旗手・中村真一郎—「死の影の下に」五部作をめぐって』水声社、二〇一四を参照。
(10) 中村真一郎訳、青磁社、一九四六、162頁。

鈴木貞美（すずき さだみ） Sadami Suzuki

1947 年、山口生まれ。1972 年東京大学文学部仏語仏文学科卒業。創作、評論、出版編集、予備校講師等に従事。
1985 年 東洋大学文学部国文科専任講師。1988 年同助教授。同年『新青年』読本（『新青年』研究会編）で大衆文学研究賞。
1989 年 国際日本文化研究センター助教授。1997 年「梶井基次郎研究」で博士（学術）総合研究大学院大学を取得。
同年 総合研究大学院大学国際日本研究専攻教授（併任）。日文研教授。
2004 年 総研大文化科学研究科長等を歴任。
2013 年 停年規定により日文研及び総研大を退職退任。同名誉教授。
・パリ社会科学高等研究院客員教授（２回）、中国・清華大学人文科学院特任教授、吉林大学外国文学研究院特座教授を歴任。
・早くから日本文芸史の再編と取り組み、また近現代出版史研究に携わる。
・学際的な視野に立つ文理に跨る各種の国際的共同研究を開発、従事。
・日本の「文学」をはじめ、「歴史」「生命」「自然」等、基礎概念の編制史研究を開拓し、深化に努めている。
著書、編著多数（本書 191 頁、参照）。

知の新書 J10/L05 (Act2: 発売 読書人)

鈴木貞美
江戸川乱歩、三島由紀夫、中村真一郎
古今東西の演劇 / 映画と小説をまたぐ エロスの物語

発行日 2024 年 4 月 12 日 初版一刷発行
発行 ㈱文化科学高等研究院出版局
東京都港区高輪 4-10-31 品川 PR-530 号
郵便番号 108-0074
TEL 03-3580-7784 FAX 050-3383-4106
ホームページ https://www.ehescjapan.com
https://www.ehescbook.store

発売 読書人
印刷・製本 中央精版印刷

ISBN 978-4-924671-82-9
C0090

Ecole des Hautes Etudes en Sciences Culturelles(EHESC)